햇빛세입자

훈데르트바서,
첫
사랑의 문법

햇빛세입자

훈데르트바서,
첫
사랑의 문법

서윤후 짓고
국동완 그리다

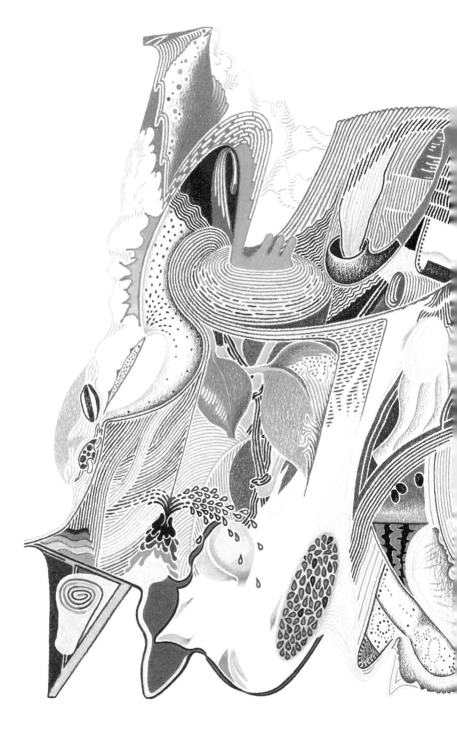

차례

일러두기

- 훈데르트바서의 작품명을 영어로 병기했다.

흐려지지 않기 위해서

시를 쓰는 동안, 나는 보이지 않는 것들과 오랜 사투를 벌이고 있다. 보이지 않지만 어딘가에 분명 있다고 굳게 믿는 것들을 위해 언어를 고를 때마다 그렇다. 울고 있는 사람은 자신이 언제부터 슬픔의 태엽을 감았는지 모른다. 눈 감은 자가, 눈을 감고도 무언가 생생히 본 것처럼 진술하는 장면도, 닿지 않았지만 나란히 있는 것만 같은 이 이상한 신비감을 설명할 수가 없어 글로 적어나갔다. 이제 나는 눈을 감으면 나의 생태계가 훤히 들여다 보이는 대지 앞에 설 수 있다. 맨발로 허허벌판을 걸으며 무엇이 자라나고 있고, 무엇이 죽어가는지를 생생하게 볼 수 있는 은유의 세계이다. 머뭇거림과 글썽거림은 다르지 않다. 빠르고 가깝게 다가오는 것들, 살면서 말로 다 할 수 없는 것들은 그 말에 맺혀 있다. 거기엔 내가 만나온 사람들이 있고, 지나온 시간들이 축적되어 있다. 아무도 말을 걸지 않고, 아무도 내게 무언가를 명령하지 않는다. 나는 오롯이 있는 그대로를 느낄 뿐이다.

얼마 전에는 시 창작 수업을 듣는 수강생으로부터 메일을 받았다. 거기에는 질문 하나가 이렇게 적혀 있었다.

선생님은 시간이 지나도 흐려지지 않는 것이 있다고 생각하시나요? 그게 무엇이라고 생각하세요?

나는 그 질문을 한동안 바라보았다. 외줄을 타고 아찔한 순간을 마주하는 것만 같았다. 어쩌면 나를 우왕좌왕하게 만드는 질문만이, 내가 살아 있다고 느끼는 순간이어서 그 질문이 난감하면서도 반가웠다. 오랜 고심 끝에 이런 답장을 적었다.

시간이 지나도 흐릿해지지 않는 것은 사랑이라는 관념인 것 같아요. 정확히 말하면 '흐릿해지지 않도록 노력하는 것이 무엇인지'에 대한 질문으로 읽었어요. 사실 '시'라고 대답하고 싶었는데, 결국엔 '시'라는 지점도 내가 사랑하는 마음에서 비롯되는 것이니까요. 사람이든 사물이든 행위이든 공간이든, 모든 것을 막론하고 '사랑'에서 태어나는 크고 작은 여러 감정을 느끼면서 사랑을 갈망하는 것만큼은 흐릿해지지 않았으면 싶어요. 무언가를 아끼는 마음, 애틋해지는 마음, 망치고 싶지 않은 욕심으로부터 서툴게 사랑을 받아 적고 있는 것 같아요. 제가 수업을 통해 사람들을 만나는 것도,

시를 함께 고민하는 일도 결국엔 사랑이 없으면 할 수 없는 일이 아 닐까 싶어요. 두 사람이 감정 깊숙한 곳까지 경유하는 과정만을 사 랑이라고 말하고 싶진 않아요. 우리를 조금씩 실천하게 만드는 모 든 것이 아닐까요. 그것만은 흐려지지 않았으면 좋겠어요.

메일을 보내고, 사랑을 할 때 매달려오는 것들을 헤아렸다. 거침 없이 소리를 내기도 하고, 앙증맞은 귀여운 얼굴을 하기도 하고, 이 세계가 곧 망할 것처럼 우울하기도 한 요술 같은 사랑을.

나는 훈데르트바서에 푹 빠지기까지 그리 오랜 시간이 걸리지 않았다. 그의 작품을 통해 추측해볼 수 있었던 것들을, 조금 더 자세 히 들여다보고 싶다는 생각에서 처음 그에 대한 애정을 느끼게 되었 다. 그리고 그는 무엇을 사랑했는지, 그 사랑을 지켜내기 위해서 얼마 나 많은 싸움을 벌여왔는지에 대해 알게 되었다. 나는 언젠가 그의 전시장을 빠져나오면서 이런 메모를 적었다.

자연을 훼손하지 않으며 진화를 고민했던 사람.

무엇보다도 작품 앞에서는 자신의 목소리를 감추지 않았던 사 람이었으니까, 그것은 사랑에 붙들려 있지 않았더라면 불가능했을 것이다. 자신이 직접 만든 부엽토 정수 시스템에 빗물을 받아 정수

해 마시는 맑은 물 한 잔이, 페트병과 버려진 재료로 만들어 신는 샌들에 대해 이런 질문을 해볼 수도 있을 것이다. "도대체 왜 그러는 거야?" 그렇다면 "좋아서 그러는 거야."라는 대답밖에 들을 수 없다는 것을 알겠다. 그 알 것 같은 마음에 내가 보내온 시절을 포개어보기 위해 이 책을 쓰기로 마음먹었다. 나는 아직도 내가 궁금하지만 그게 비단 나에게로 향하는 사랑 때문은 아니다. 그것은 고립일 뿐. 나로부터 확신해나가는 모든 것의 행방, 즉 세계에 대한 궁금증이다.

그러나 종종 자기 동의를 구할 수 없는 날로부터, 나는 매일 일기를 썼다. 내게 묻고 내가 답해야 하는 형벌의 시간이었다. 아슬아슬한 생업의 현장과 나의 글을 쓰는 작업이 교묘하게 일궈낸 나의 생태계에서, 나는 하나씩 작은 실천을 이뤄가기 위해 노력했다. 나의 숭고한 실천들이 벽돌 한 장씩 쌓여 아늑한 집이 되고, 가끔 노쇠들을 풀어주는 헐렁한 고삐가 되며, 공짜로 내 흐린 눈동자를 털어주는 물푸레나무가 되기도 했다. 이 모든 정경에 '사랑'이라는 별명을 붙여도 어색하지 않을 것이다.

근래에는 에코라는 말에 사로잡혀 있다. 한글로 적은 '에코'라는 말은 '환경친화적인(eco)'이라는 의미와 '메아리(echo)'의 의미를 동시에 지니고 있다. 이 두 가지의 의미가 그리 멀지 않은 곳에 있다고 생각했다. 나는 훈데르트바서가 늘 고민했던 '자연'을 위한 일을 톺아, 이루어져가는 나의 대자연에 대해 말하고 싶어졌다. 작은 실천마저도 실패로 돌아가는 날이 훨씬 더 많지만, 부스러기처럼 작고 유약

한 내 삶의 약속들이 모여 무엇을 태어나게 했고, 무엇을 떠나보냈는지 확인할 수 있을 때 나는 나의 자연스러움을 이해하게 될 것이었으니까. 물 흐르듯 시간에 맡긴 나의 시절들과, 그 사이사이에서 머뭇거렸던 짧고도 긴 찰나를 생각하며 이야기를 모색했다. 이미 했던 이야기는 장작처럼 타고 없었지만 따뜻함과 불 냄새는 아직 남아 있다. 나는 그것을 온기라고 착각하며 살고 있다.

그 끝 도처에는 사랑을 끝마친 얼굴이 놓여 있을 것이고, 결국 사랑의 메아리 속에서 사랑도, 이별도 성실하게 해온 우리들의 이야기가 있을 것이다. 내가 이야기를 믿고, 보이지 않는 곳에서 여전히 시를 향해 나아가는 이유이기도 하다. 눈 감아도 보이는 이야기를 해야 할 때가 왔다. 그것을 훈데르트바서가 내 곁에서 가장 먼저 들어주었다.

쓰레기소각장에서의 일주일

11월의 비엔나는 창백한 얼굴이었다.

우산만 거두면 비가 내리고, 다시 우산을 펼쳐들면 해가 뜨는 변덕을 부리기도 했다. 비엔나에 도착해 클림트와 에곤 실레의 작품을 실컷 보는 것이 소원이었고, 그것을 이뤄가고 있었다. 벨베데레 궁전에서 본 클림트의 〈키스〉는 마치 황금 다음으로 빛나는 광물이 있다면 이것이 아닐까 싶을 정도로 찬란하고 아름다웠다. 에곤 실레의 일대기를 따라 작품을 읽어갔던 레오폴트 미술관에서, 나는 그의 불안이 아직도 살아 있다는 생각을 지울 수 없었다. 불안은 인간을 아주 먼 곳으로 내동댕이치기도 하고, 부모보다 더 깊은 품을 내어주기도 한다는 것을 그의 그림을 통해 조금이나마 이해할 수 있었다.

너무 일찍 비엔나에서 할 일을 끝낸 나는 투명한 안경알 너머로 내가 또렷하게 보고 싶어 했던 것을 다시금 떠올렸다. 중요한 일정을 마치고 목록을 지워나가면서 여분으로 남겨두었던 일정을 소화하기로 했다. 훈데르트바서를 만나는 일이었다.

　그러니까 길을 가다가 예쁜 꽃집에 붙잡히거나, 잡화점에 눈동자가 묶여버렸더라면 생략했을 그런 계획이었다. 비엔나시의 의뢰를 받고 리모델링했다는 공공주택 '훈데르트바서 하우스'에 가기로 한 일이 그러했다. 여분의 계획이니만큼 마음은 가벼웠다. 그리고 그의 생애를 차곡차곡 전시해놓은 쿤스트하우스에 들렀을 때 나는 그와 금방 사랑에 빠지게 되었다.

　비엔나의 창백한 얼굴 속에서 이렇게 환하게 빛나고 있는 곳이 있다는 게 신기할 따름이었다. 나선형의 계단을 타고 오르내리며 그가 살아온 시간의 눈금을 한 계단씩 밟아갈 수 있는 것은 꽤나 흥미로웠다. 시간 가는 줄 모르겠다는 말처럼, 여분의 계획치고는 아주 오랜 시간 그곳에 머무르게 되었다. 그곳을 떠나와 숙소에 있을 때에도, 자꾸만 그의 얼굴과 작품, 그가 설계한 건물이 아른거렸다. 사로잡혔다는 말을 처음으로 몸소 실감했다. 나는 아른거린다는 느낌이 아름다움과 가장 가까이에 있는 것이라고 생각했으므로 사랑을 예감했다. 계속 생각난다는 것, 아른거리는 신호가 나에게로 쏟아지는 것은 사랑의 암호이기도 하기 때문에, 나는 참을 수 없어 다음 날 여러 일정을 미뤄두고 그가 디자인했다는 슈피텔라우 쓰레기소각장에 가기로 마음먹었다.

　저 멀리서, 마치 동화책의 마지막 장에 등장할 법한 웅장한 성

하나가 우뚝 솟아나 있었다. 쓰레기소각장을 떠올렸을 때 생각나는 이미지가 산산조각 나고, 이내 바닥에 흩뿌려져 빛나고 있었다고 할까. 첫인상은 그러했다. 주변에는 케밥을 파는 노점과 청소하는 인부들, 뛰어노는 아이들과 유모차를 끌고 산책하러 나온 사람들이 보였다. 형형색색으로 칠해진 외벽과 그곳을 둘러싸고 있는 작은 담벼락은 '혐오 시설'로 오인했던 쓰레기소각장을 훤히 들여다볼 수 있도록 낮게 서 있었다. 온갖 색깔로 폭탄을 맞은 것 같은 그 건물에 사로잡힌 나는 긴 시간 벤치가 길어질 때까지 그곳을 바라보았다. 외벽의 벗겨진 페인트를 덧칠하던 인부가 노래를 틀어놓고 흥얼거리며 일을 끝마칠 때까지 그곳에 앉아 있었다. 이 풍경이 왜 좋은지 알 수 없는 그 상태를 즐겼다. 나는 숙소로 돌아가 짐을 챙겨, 쓰레기소각장 근처에 있는 숙소를 샅샅이 찾기 시작했다.

다행히도 내가 찾아간 호스텔은 손님이 거의 없는 한적한 곳이었다. 배정된 방에는 작은 창문 하나가 나 있었는데, 운이 좋게도 슈퍼텔라우 쓰레기소각장이 정확하게 담겨 있었다. 누군가 걸어놓은 풍경화처럼. 밤이면 눈을 감고, 아침이면 가장 먼저 눈 뜨는 그림이었다.

숙소 호스트를 엘리베이터에서 종종 마주쳤다. 이곳에 관광객이 일주일 동안 묵는 건 꽤나 드문 일이라면서, 내게 기자인지 유학생인지 계속해서 질문을 던졌다. 명쾌하게 이곳에 머무르는 이유를 설명할 수 없어서 우리는 헤픈 웃음을 나눠 가졌지만, 때론 설명할 수 없이 좋은 그 상태가 가장 아름다운 것이었다. 눈동자로나마 그가 세운 세계에 잠시 기대어볼 수 있다는 사실이.

매일 아침 나는 지하철 역 앞에서 파는 타코를 사들고, 슈피텔라우 소각장에 갔다. 그것을 다 먹고, 매번 앉던 벤치에서 시간을 보냈다. 음악을 듣고, 일기를 썼다. 여기에서 정확히 살아 있다는 기분을 느끼기 위해 잠시 동안 아무것도 하지 않을 때도 있었다. 여행하는 하루를 시작하는 일과로 그곳에 들렀고, 여러 일정을 끝마친 뒤 숙소로 돌아올 때에도 반드시 그곳을 지나쳐야만 했다. 밤에는 어두워 쓰레기소각장을 자세히 볼 수는 없었지만 윤이 나는 돔 모양의 지붕이 달 다음으로 하늘 아래 가장 밝다는 사실은 알 수 있었다. 한 건축물이 이렇게 많은 것을 보여주고 있다는 것이 신기했다.

나는 다시 한번 그의 쿤스트하우스를 찾아갔다. 떠나야 하는 아쉬움을 기념품으로 만회하고 싶었다. 집에 돌아가 방 한쪽에 그의 그림을 걸어두고 싶어 포스터로 출력된 것들을 살피다가 〈은빛 나선 Silver Spiral〉(1987)과 〈빗방울 카운터Rain Drop Counter〉(1981)가 그려진 포스터, 그리고 그가 긴 자를 구부리고 있는 사진을 사가지고 돌아왔다. 그러나 그것을 들고 다니는 일은 여간 쉬운 게 아니었다. 슬로바키아와 독일에 가야 하는 긴 일정이 남아 있었기에 포스터를 구기지 않고 들고 다니는 일이 중요했다. 캐리어를 끌고 거대한 배낭을 멜 때에도 신경은 온통 돌돌 잘 말아둔 포스터에 가 있었다. 한국에 돌아올 때까지, 세 장의 포스터를 애지중지하며 들고 오는 동안에, 내가 무엇을 이토록 소중히 다뤘던 적이 있었나 싶기도 했다. 그때는 그게 '무엇' 때문인지 잘 몰랐다.

　여행 이야기를 하다가, 비엔나에 있을 적 어디에서 머물렀느냐고 질문을 받으면 나는 이 이야기를 종종 한다. 쓰레기소각장 옆에 있었다고. 그게 무슨 말이냐고 되물으면 나는 웃으면서 말한다. 좋아하면 어디든 상관없어지게 되는 게 있더라. 허허벌판이라도 심심하지 않다는 게, 알고 싶은 것이 끝나지 않는다는 게.

한 사람에게서 커진 두 개의 이름

두 사람이다. 처음에는 반듯하게 가를 수 있었다. 엄마가 철학관에서 받아온 나의 이름과 내가 시를 쓰기 위해 지은 이름을. 스스로 울지 않을 수 있게 될 때부터 나는 새 이름을 갖기로 마음먹었다. 대충 이름을 생각하고, 옥편에서 알맞은 뜻을 찾아 이름에 의미를 덧대어 부목을 매달아주는 방식으로. 많은 사람이 불러줄 이름이 아니라, 엄마와 방 안에서 귤을 까먹으며 잠깐 떠들기 좋았던 가벼운 이름으로 더 많은 생활이 기울어져 있다. 한 사람이다. 반듯하게 갈라볼 수도 있었지만 이제는 그럴 수 없는.

프리드리히 스토바서. 그의 이름을 불러본다. 그가 갓 태어나자 죽은 아버지의 음성으로는 들어본 적 없을 이름이자 유대인 거주지구로 강제 이주될 때 어머니가 가장 많이 다독였을 이름을. 이후 그는 프리덴스라이히 훈데르트바서라는 이름을 스스로 짓고 개명한다. '평화롭고 풍요로운 곳에 흐르는 백 개의 강'이라는 뜻을 지닌 그 이름은 오랫동안 그를 실천하게 했던 명령어였을지도 모른다. 전쟁에 대한 트라우마와 그로 인해 생긴 평화에 대한 욕망이 새 이름으로 하여금 새롭게 갱신될 수는 없었겠으나, 분명한 것은 그는 자기 이름과 가장 잘 어울리는 사람이었다는 것이다. 스토바서에 실려 있는 숱한 슬픔과 유년의 의문을 어디론가 잘 흘려보낼 수 있게 해준 백 개의 강, 그곳은 분명 평화롭고 맑은 날씨였을 것이다.

　가끔 고향집에 내려가 동창들을 만날 때야 본명을 듣곤 한다. 처음 필명을 짓고 등단을 했을 때, 사람들이 나를 부르는 소리를 잘 알아듣지 못했다. 저요? 저 부르셨어요? 하면서 되묻기 일쑤였고, 원고를 보낼 때나 서류를 작성할 때 필명을 적으면 죄책감이 들기도 했다. 법적으로 아무런 효력이 없는 내 이름을 믿고, 나는 살아가도 되는 것일까. 나의 새 이름이 새겨진 활자들이 태어나고, 책이 만들어지고, 누군가가 본명인 줄 알고 부르는 내 이름을 들으면, 나는 돌아봐도 될까 자주 헷갈리곤 했다. 그래서 필명을 왜 지었느냐는 질문도 많이 받았다. 명백한 이유를 고를 수가 없어 대충 얼버무리는 편이었다. 단지 이름이 이유가 되지 않으면 좋겠다고 생각했다. 이름에 이유가 필요하냐고 말하고 싶었다. 어쩌면 이름이라도 가장 도드라졌으면 하는 가장 얄팍한 시절에 시를 썼다고 설명하면 끄덕이게 될까.

　수많은 고지서 속에 정확히 적힌 나의 본명은 나의 생활을 증명하는 이름이다. 서울에 와서 새롭게 사귀게 된 동료들이 얄궂게 불러주는 필명은 자물쇠를 걸어 잠근 일기장을 여는 데 도움이 된다. 다시 두 사람이다. 서로의 어깨 반쪽씩을 빌려주며 사는 좋은 친구이다. 이제는 어떤 이름을 불러주어도 잘 돌아볼 수 있다. 어떤 이름에세 들어 진득하게 살아간다는 것이 시간이 해결해주는 일이기도 했지만, 나는 나의 가짜 이름 속에서 증명하고 싶은 것을 찾기 위해 자주 헤매는 일을 자처했다. 주인 없는 이름의 주인이 되는 것이다. 그러니까 한 사람이다. 헷갈릴 필요가 없다. 이제는 무엇으로 불러도 상관이 없다. 이름이 내 앞에 놓여 있기도 하고, 내가 이름보다 앞에 서 있기도 한다. 태어나서 살게 된 이름의 운명은 시간이 판가름하겠지만, 살아 있어서 갖게 된 두 번째 이름은 쓰는 시간에 운명을 맡겨 보는 것이다. 두 이름에는 후견인이 없다. 장미와 권총이 하나의 은유에 묶일 때, 나의 삶에도 좋은 구경거리가 하나쯤 있을 거라는 희망을 별명으로 부르며 살기로 한다.

순수는 뒤에서 나를 부르고

내가 악보와 처음 친해진 것은 어렸을 적 매년 출간되었던 창작동요집 때문이다. 제목만 말하면 누구나 다 아는 동요부터, 매년 티브이 공중파 프로그램에서 방영하던 창작동요제의 수상작까지 수록되어 있는 모음집이었다. 창문과 좋은 우정을 나누던 소심한 내가 누군가 앞에서 처음 노래를 부르고 칭찬을 받기 시작했을 때부터, 나는 노래를 읽기 시작했다. 음표와 박자가 복잡하게 그려져 있고, 거기에 맞춰 적힌 가사를 읽으며 음정을 흥얼거려보는 것이 취미가 된 것이다. 초등학생 때엔 두 번 교내 대회에 나가서 상을 받게 되었는데, 나는 두 번 대회에서 참가자 중 유일한 남자아이였다.

처음엔 동요를 어떻게 부르면 되는지 알려주는 사람이 없었다. 어쩌면 이미 내가 가지고 있는 것들로 시작하면 되었다. 박자에 맞춰 손을 모을 것인지, 뒷짐을 질 것인지, 어떤 마음으로 그 노래를 불러야 할 것인지, 입 모양은 어느 정도 벌려야 예쁜지, 음을 길게 끌며 부를지, 스타카토로 끊어 부를지 그런 것은 배워본 적이 없어서 마음 가는 대로 했다. 투명하게 비춰져서, 비춰지는 대로 따르면 되었던 그 시절의 반짝임을 생각하며, 나는 요즘에도 종종 동요를 찾아 듣곤 한다. 노래를 잘 부르는 게 소문이 나서 학교 대표로 여기저기에 다닐 때부터 노래를 배우기 시작했는데, 아마 그때부터 흥미를 서서히 잃어갔던 것인지도 모르겠다.

가끔 시를 쓰려고 할 때마다 맨 처음에 와 있는 것만 같다. 마치 시를 처음 써보는 사람처럼 혼자서 서걱이기 일쑤인 데다 빈 문서 앞에서 어색함을 감추지 못하고 있는 모습이 가끔 우습기도 하다. 배우고 익히게 된 것들을 잊고 싶은 마음에서 발생하는 것이기도 하다. 숙련된 기술로 문장을 세공하고 싶지 않다는 생각, 잘 조립하는 것이 아니라 자연스럽게 쌓여가는 과정에 있고 싶다는 욕심 때문에 불가능한 초기화를 기다리느라 처음부터 꽤 긴 시간을 허비하곤 한다. 그때마다 나는 성서처럼 이 문장을 읽는다. 내가 노트를 사면 가장 먼저 적어두는 문장인데 훈데르트바서가 쓴 대학원 가이드라인의 일부이다.

여기에서는 아무것도 배우는 게 없습니다. 오히려 배웠던 것을 잊어버리려는 시도를 합니다. 중요한 것은 여섯 살 때까지 배웠던 것을 이어가는 것입니다.

그는 그림을 그릴 때마다 최대한 지적인 능력을 배제하려고 애썼다. 머리로 그림을 그리고 싶지 않았던 그의 심정에 잠깐 손을 얹어볼 수도 있다. 어떤 시는 정말 잘 썼다고 느낀다. 단정한 창문을 꼭꼭 잠그고, 균일한 간격으로 지어진 멋진 건물들을 보는 것 같은 감상에 빠질 때가 보통 그렇다. 그런데 자주 잊힌다. 정말 좋았던 시들은, 바람이 부는 곳과 햇볕이 드나드는 자리를 알고 제멋대로 창문을 열어둔 집을 보는 것과 다르지 않았다. 나는 언제나 후자가 되고 싶어서, 애써 알고 배워온 것들을 잊어보려고 노력한다. 그러다 보면, 가끔은 숙련된 방식으로 시작하지 않게 된다. 서툴게 언어를 고르고 이미지를 불러오면 시간이 조금 더 걸리더라도, 그 과정을 계속 해보는 것이다. 어쩌면 순수가 나를 불러줄 때까지.

고등학교에 다닐 때 한 친구는 두꺼운 도화지를 기타 모양으로 오려서 들고 다녔다. 수업 시간에는 졸기 바쁘고, 가끔은 학교에 오지 않았으며, 누군가는 그 친구의 미래가 암담하다고 떠들기 바빴는데, 그 친구는 오로지 기타에만 눈동자를 켰다. 모양 따라 오린 기타 모양의 도화지에는 기타줄이 선명하게 그려져 있었다. 진짜 기타를 다루는 것처럼 신중하게 기타를 들고 흥얼거리며 연주하던 그 친구는 우리가 다니던 인문계 고등학교에서는 골칫덩어리에 가까웠다. 결국 '예체능'으로 분류된 몇몇 친구는 자율학습 때만 되면 교실 가장자리로 자리를 옮겼다. 분위기를 해치기 때문이었는데, 늘 그 자리에서는 종이로 오린 기타 연주가 들리곤 했다. 아무것도 들리지 않았지만 누군가에게는 분명 들렸을 소리였다.

기껏 배운 것을 잊어야겠다는 말은, 스스로의 각오가 필요한 일이기도 하다. 어쩌면 잊는다고 해서 잊히는 것이 아니라는 것을 잘 아는 사람의 어리석은 다짐일 수도 있다. 시를 쓰기 시작하면서부터 나는 남들이 읽지 않는 것만 골라 읽으려고 노력했다. 잘 아는 철학자들의 사상은 모를지언정, 그들의 저서 정도는 달달 외울 수 있어야 한다고 굳게 믿었다. 반쯤은 필요해서 그랬고, 반쯤은 필요하지 않았다. 쓰는 나를 데려오는 방법에 대해 잘 몰랐을 때의 이야기다. 진짜 내게서 태어나는 것을 지켜보기 위해 많은 시간을 들였고, 그것은 내가 어떤 감각을 처음 열어 젖혔을 때, 내게 처음으로 각인된 세상의 말들, 풍경들이 생겨났을 때 내게로 왔다. 반복된 일상으로 단련된 시간 속에서는 쉽사리 건져 올리지 못했던 것들이고, 어떤 건 이미 오래전에 결정된 것들이기도 했다. 그것들을 하나씩 인정하는 일에는 시간이 필요했다. 낯선 나라에서 며칠, 몇 주, 몇 달간 지내다 보면 운 좋게 새로운 감각이 열렸다. 누구도 알려주지 않았지만 내가 처음으로 눈 뜨게 되는 장면들이 있었다. 창작동요집 악보를 읽으면서, 나를 가장 투명하게 비추는 것을 그대로 따라 했던 일처럼, 있는 그대로의 모습이라도 좋은 나의 옆모습을 봤다. 그러기 위해서는 많은 것을 망각하고 있어야만 했다.

내가 어떤 사람이 되어가고 있는지, 남들에게 어떤 모습으로 비취질지, 그런 것 따윈 하나도 중요하지 않은 천진한 얼굴로, 모래성을 쌓다가 제 발로 모래성을 허물 줄 아는 순진함을 위해서는 그래야만 했다. 마음을 꾹꾹 눌러 담아 동요를 불렀던 어린 나의 목소리라든지, 종이 기타가 들려준 무음의 멜로디라든지, 은종의 청아함을 듣는 순간에 나는 잠깐 멎을 수 있고, 그땐 뭐든 시작하기 좋았다.

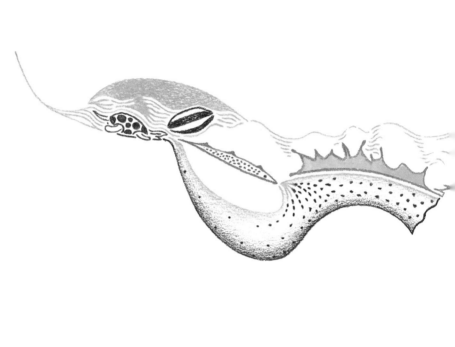

수직과 수평

평평한 마음을 다지기 위해 위아래 할 것 없이 솟아난 것들을 잘라내던 시절이 있었다. 잘려나간 밑동을 만지는 동안 생각하는 것이다. 어디에서 와가지곤, 어떻게 자라났는지…. 뾰족하게 둘 수 없어서 있는 힘껏 잘라냈다. 안간힘이 필요한 순간이었다. 아무도 모르게, 내 안에서 저지르는 나만의 소일거리였다.

유난히도 춥던 2017년 연말, 나는 매주 수요일마다 퇴근하고 심리 상담을 받으러 다녔다. 상담이란 것이 내게는 무관한 일이라고 여기며 살았는데, 어찌 보니 나의 일이 되어 있었다. 내가 붙잡을 수 있는 유일한 것이었을 때, 나를 전혀 모르는 사람에게 내 이야기를 하는 것이 마음을 다잡는 데 도움이 될 것이라고 생각했다. 나를 들여다본 시간도 제법 길고, 시를 쓰면서 보이지 않는 내면을 잘 다뤄왔다고 생각했었는지도 모른다. 발목을 접질린 것처럼, 어디가 불편해 앉아 있지 못하는 사람처럼 굴게 된 것은 여러 가지 상황 때문이었고, 나는 이것을 처음 보는 상담 선생님에게 말하고 싶었다.

매번 상담은 생각보다 길어졌다. 단순한 문제라고 생각했던 이야기의 근원을 함께 따라가다 보면 아주 어릴 적 이야기를 해야만 했기 때문이다. 마음대로 솟아나 나를 불편하게 하는 것이 단번에 솟아오른 게 아니라는 것을 매번 깨닫는 시간이었다. 선생님과 나는 오로지 내가 가진 문제를 개선하기 위한 합의로 대화를 나누는 것이었고, 그에 대한 정당한 대가를 지불해야 했다. 나는 그 계산적인 관계에 오히려 신뢰가 갔다. 희한한 일이었다.

상담을 통해 계속해서 반복되는 이야기는, 내가 내 자신을 어떻게 제어하는지에 대한 문제였다. 감정의 파동을 예민하게 감지하고는, 평정심을 위해서 불편한 문제를 직면하지 않고 회피한다는 점을 선생님은 꼬집었다. 물론 기쁜 일에서도 마찬가지였다. 특별히 기쁘거나 벅차오르는 감정마저도 냉철하게 억누르면서 지내온 내 방식이 지금 일어난 많은 문제에 관여하고 있다는 지적이었다. 수평대에서 떨어지지 않기 위해 노력했던 나만의 균형 감각이 앞으로 가는 일엔 필요했지만, 깊어지거나 높이 가는 여정에 있어서는 불구의 자세에 가까웠다.

훈데르트바서에게는 수평과 수직의 개념이 제법 중요했다. 특히 그는 수직에 대해서 '지나치게 인간다운 것'이라고 말하며 비판적인 시각을 가지고 있었다. 가장 쉽게 비유해볼 수 있는 것은, 땅이라는 자연 그 자체가 수평이라면 인간이 무분별하게 올리는 건물을 수

직으로 빗대는 것이었다. 나는 내게서 위아래로 샘솟는 감정에 지나치게 까다로웠다. 쉽게 허락하지 않았다. 누군가가 갑자기 찾아와 내 생일을 축하해주는 일도, 전혀 생각지도 못한 곳에서 친한 친구를 만날 때도 나는 내 마음이 요동치는 것을 자주 느꼈고, 그 흔들림 자체를 굉장히 부정적으로 인식했다. 아무런 일도 일어나본 적 없는 사람처럼 평온하고 고요히, 그 안정감을 사수하기 위해서 내 안에서 태어나는 감정들에 뜻 깊은 이름을 지어주지 않았다는 것을 상담을 통해 알게 되었고, 그때의 마음은 정말이지 처참했다.

혼자서 사는 것이 아니기 때문에 수평적인 마음에도 수직의 비가 내릴 수 있다. 그것이 때로는 땅을 촉촉하게 만들 것이며, 널따란 수평의 대지 위에 나무처럼 자라 나의 생태계를 풍성하게 해줄 수도 있다는 것을 너무 뒤늦게 알게 되었다. 그럼에도 나는 누군가의 말 한 마디, 행동 하나하나가 내 잔잔한 수평 위로 구슬을 던지는 것만 같았다. 그것을 가만히 붙잡아두기 위해서 물 아래 오리들의 바쁜 갈퀴처럼 힘을 더해야만 했다. 그 안간힘이란 것은 누군가에게 보이지 않는 것이므로, 어쩌면 나는 나 스스로 잘 견디고, 단단한 사람처럼 보이길 원했던 것인지도 모른다.

감정을 표현한다는 것이 어리광처럼 보인다고 믿었던 나의 오랜 유년을 데려와본다. 말끔하고 단정한 용모를 지닌 차분한 아이를 무릎 꿇게 만들면 그제야 새카만 발바닥이 보인다. 아파서 아프다고 말하는 것이 돌봐달라고 애원하는 것처럼 들릴까 봐, 슬퍼서 우는 것이 걱정 끼치는 것이 될까 봐 아랫입술을 꽉 쥐고 놓지 않았던 아이의 하얀 앞니를 본다. 꽉 깨물었던 입술이 빨갛게 달아오르고, 수평 밑으로 흘려보냈던 수많은 시간이 눈앞에 아른거린다. 모르는 척하기 바빴던 감정들은 다른 얼굴로 다시 찾아왔다. 그래서 마주하게 된 마음 상태에 대해 정말 아무것도 모르겠어서, 선생님을 찾아갔다. 문제를 알게 되어서 기쁠 줄 알았는데, 꼬여버린 실타래를 되돌려 감으며 가야 할 길의 끝이 보이지 않는 것만 같았다. 추운 겨울이었고, 상담이 끝난 후 집에 가는 버스에 올라타 알게 된 것과 모르고 싶은 것이 싸우는 것을 지켜봐야만 했다. 수평을 방해하는 수직을 이해하고, 수직을 허락하지 않았던 나의 수평을 이해하는 그 교차점에서 나는 하차하는 벨을 눌렀는데 이미 집을 한참 지나버린 후였다.

곰팡이에게 필요한 시간

1958년 훈데르트바서는 오스트리아 제카우 수도원에서 〈곰팡이 선언문Mouldiness Manifesto〉을 발표한다. 근대 합리주의와 기능주의를 비판하는 내용으로, 당시 무분별한 건축에 대한 그의 강한 반발심이 담겨 있다. 그는 선언문을 통해 이렇게 말한다. "도시에는 부엽토 향기가 도사리고, 건물 외벽에는 곰팡이가 피어나야 한다." 이러한 그의 행보에 대해 비판적인 시각도 적지 않았다. 무조건 실용적인 건축을 비난할 수만은 없었기 때문이지만, 그가 선언문을 통해 드러낸 곰팡이에 대한 은유를 곰곰 해석해보면, 자연을 완벽하게 지워버리는 문명에 대한 우려와 그로 인한 자신의 '행동'에 원동력이 되는 하나의 상징처럼 느껴지기도 한다. 건물 외벽에 '곰팡이'가 자랄 수 있는 환경이라는 것은, 어쩌면 자연과 문명이 우연찮게 만나는 합일점일지도 모른다.

　　최신 기종에 가까운 나의 스마트폰은 단정하고 영리하다. 부르면 대답도 한다. 이제는 도무지 스마트폰이 없었던 시간을 상상하기 어려울 정도가 되었다. 원고의 실마리가 되는 것을 책상이 아니더라도 어디서든 메모할 수 있게 되었고, 퇴근하는 버스에서 장을 보기도 하고, 은행에 가지 않고 많은 청구서를 해결할 수 있다. 친구와 약속 없이 만나서 떠들거나 옛날 사진을 함께 공유할 수도 있으며, 이름 모를 수많은 사람이 실시간으로 무엇을 하는지 구경해볼 수도 있다. 책을 읽는 것은 물론이거니와 기부도 할 수 있고, 극장에 가지 않고도 영화를 볼 수 있고, 위성 지도를 켜면 낯선 거리를 언제든 걸어볼 수도 있다. 이제는 의아하다는 생각조차 들지 않는 너무나도 자연스러운 풍경이다.

　　이렇게 간편하고 편리한 생활을 영위하다가도, 나는 문득 내 삶에 과정들이 축약되어가고 있다는 것을 알아차린다. 그래서 편리하고, 시간을 조금 더 벌게 되었고, 간편해진 생활을 꾸리게 되었으나, 내가 붙잡아두고 싶어 하는 옛 기억들은 대부분 지금으로부터 생략된 과정 속에 있다는 것을 안다. 필름을 맡기고 며칠이나 기다려 인화된 사진을 찾으러 가는 설레는 동네 길목이라든지, 친구를 만나기 위해 집으로 전화를 걸어 친구의 어머니나 가족 누군가를 통과해야만 했던 떨리는 일이라든지, 혼자 집에 있는 것이 무료해 무조건 밖에 나가 이름 모를 아이들과 잠시 우정을 나누는 일이라든지 말이다. 지금은 그럴 필요가 없게 되었고, 번거로움도 사라졌다.

곰팡이에게도 곰팡이가 피어날 시간이 필요할 것이다. 곰팡이가 서식할 수 없을 정도의 고약하고 지나치게 인간다운 환경은, 그만큼 해로운 것들이 보이지 않게 잠식하고 있다는 뜻이기도 하다. 부엽토의 은은한 냄새가 풍긴다는 것은, 아직까지 '땅'이 땅의 본질을 잃어가지 않는 그 흙더미에 발자국을 찍는 일일 것이며, 그것은 인간이 마땅히 자연 위에 있다고 자각하는 일일 것이다. 도시 생활에 지쳐서는 한 번도 가본 적 없는 '시골'로 언젠가 내려가 살 것이라고 선언하는 일도 낯설지 않게 되었다. 숨 막히는 미세먼지 속에서, 마음 놓고 숨 쉴 수 있는 곳 하나 없는 우리는 스스로를 잘 가두고 단속하기 위해서 문단속만 잘 할 뿐이다. 지금에서야 다시금 훈데르트바서의 선언문을 떠올리면, 절반은 뜬구름 잡는 소리 같고, 또 반절은 너무나 마땅한 이야기라고 느껴진다. 도시의 삭막함에 대해 우리는 무엇을 말할 수 있나. 거리에 차고 넘치는 쓰레기들은 모두 어디로 실려 가는가. 한 인간이 땅에 목숨을 붙이고 사는 동안 필요한 것은 얼마나 많고, 또 그것들은 얼마나 괴로운 재료를 합성해 만든 것인가. 아주 먼 훗날에 태어난 아이들은 '자연'이라는 단어를 더 이상 배우지 않아도 되고, '풍경'이라는 말을 지금 우리와는 조금 다르게 헤아릴 것이며, 인간이 즐겼던 미니어처로, 휴양지로, 역사로 자연을 해석하게 될 일도 멀지 않았다는 생각이 든다. 과정이 점점 사라질수록 좀먹게 되는 것이 무엇일까 생각하면 자연은 늘 불리한 쪽에 서 있다.

인간의 까다로운 기준 속에서, 어떤 나무는 베어야 마땅하고, 어

떤 곰팡이는 끔찍한 주거 환경의 단골손님이며, 어떤 집은 날씨와 무
관한 실내를 조성한다. 과정이 과정에 덧대어질 때 생기는 지혜마저
도 재단하면서 우리는 우리의 시간에 쫓기며 달려나간다. 최신 스마
트폰에 필름 카메라 앱을 설치하고 옛것의 홍을 쫓으며 흉내 내고 있
을 때, 내가 원하던 건 이게 아닌데… 하게 되는 조금씩 엇나가는 방
향을 생각하게 된다. 먼 나라의 자연재해 소식을 전해 듣지만, 정작
자연이 말하려고 하는 것은 듣지 않는다. 하늘이 영원할 것 같고, 구
름과 날씨 걱정은 해도 끝이 없을 것만 같은데 나의 이 안일함에 곰
팡이 필 시간을 주고 싶은 것마저도 지나치게 인간다운 생각이라는
것을.

　　한 가지 확실한 것은 온기라는 것, 마음이라는 것, 순수함이라
는 것, 다정함이라는 것, 그런 것들이 일목요연하게 스마트폰이 내놓
는 영민함에서는 잘 보이지 않는다는 것이다. 그래서 가끔 생활을 편
리하게 하는 속도를 일부러 늦추면서 돌아보고 싶어진다. 깊어지기
위해서는 오랜 머뭇거림이, 헤매는 일이 필요하기 때문이다. 그가 말
한 곰팡이의 시간은 그런 것이 아닐까. 자연이 풍성해지는 속도처럼.

　　그러나 오늘의 나는 최신 앱을 가장 먼저 받아보는 사람일 것이
고, 스마트폰이 내주는 정보로 세상살이를 조금이나마 이해해보는
사람일 것이며 침대에 누워서도 가볼 수 있는 극장에 가거나 세계 여
행을 떠날 것이며, 당장 만날 수 없는 친구들과의 동창회에도 나서볼
것이다. 그 간편하고 편리함을 둘레로, 잠시나마 멈춰서 생각할 것이

다. 두고 온 것이 있진 않은지, 화면 대신 창문을 열어보기도 하는 일로, 누군가의 안부를 말없이 가늠하지 않고 대뜸 전화를 걸어 밥은 먹었냐고 물어보기도 할 것이다. 여전히 책은 종이책으로 읽으며 좋은 구절은 모서리를 접을 것이다. 가끔은 일부러 연필을 깎고 노트를 펼쳐 메모를 해보기도 할 것이다. 곰팡이가 피어날 수 있는 시간을 갖는다는 것은, 이렇게 지연되는 시간 속에 손을 불쑥 넣어 두고 온 것을 챙겨오는 일로 시작한다. 그런 것만은 잊지 않아야겠다고, 잠겨 컴컴한 화면 속에 비친 내 얼굴을 보며 중얼거린다.

어둠이라는 색깔

　식물이 가득한 온실을 강의실로 선택했던 훈데르트바서는, 누구나 상상할 수 있고 누구나 그림을 그릴 수 있다는 가능성을 언제나 열어두었다. 이 작은 온실에서 자연스럽게 자라나는 식물들처럼, 누구든 햇빛과 광합성할 수 있고 누구든 초록을 뽐내볼 수 있다고 굳게 믿었던 것이다. '누구에게나' 열려 있다는 믿음은 예술이라는 가혹한 세계에서(예술뿐만 아니라) 자주 닫히고는 하지만, 어쨌거나 그것을 재단하는 것은 오직 제도뿐이다. 제도가 제도권 안을 보호하는 기능도 분명 있겠으나 그것은 스스로 진입 장벽을 만들어 '누구에게나'로 열리는 가능성을 방해하게 될지도 모른다.

　바깥에서 사람들과 시를 나눠온 지도 몇 해가 다 되어가고 있다. 처음에는 누군가에게 무엇을 알려줄지 고민했다면, 지금은 무엇을 함께 고민할지에 대한 모색으로 차츰 나아가고 있다. 그것이 더 정확했다. 우리는 언제까지나 '함께' 쓰고 있으므로. 이 착하고 단정한 문장을 깊게 심고 다시 생각해본다. 우리는 언제나 혼자 쓰고 있으므로 시 쓰기를 '함께'한다는 감각을 잘 느낄 수가 없다. 그래서 첫 수업 때면 나는 이름도, 성도 모르는 수강생들에게 다짜고짜 묻기도 했다. "수업을 듣게 된 이유가 있어요?" 일주일에 한 번, 귀한 저녁 시간을 함께 모아 어떤 자리를 마련한다는 것이 때로는 이상하고, 신기한 일이었다. 서로가 같은 혹은 다른 이유로 모였겠으나 어디까지나 '시'라는 공통의 물음에 대해 대답하고 싶어서가 아닐까. 대부분의 사람은 자신이 고민하는 '시'라는 막연한 이유로 왔고, 그다음으로 "혼자 쓰다가 지치거나 힘들어서" 온 사람이 많았다. 결국에는 다시 돌아가 혼자 쓰게 될 일이지만, 가혹하게도 혼자서는 도저히 견딜 수 없거나 해제할 수 없는 암호들이 시 안에 도사리고 있기 때문에 나 역시도 그 대답에 손을 얹을 수 있었다. 강의를 하는 사람이지만 나 역시도 어쩌면, 혼자서 시를 고민하는 일에 있어서는 자신이 없었으므로, 시를 함께 이야기할 수 있는 사람들을 찾아서 온 것인지도 몰랐다.

시는 빛과 어둠 중에서 어둠에 더 가까운 얼굴로 찾아온다. 어쩌면 빛과 어둠이 모두 열려 있는 세계에서 어둠 쪽으로 방향을 틀고 있는 것은 아닐까. 어둠에 대해 떠들기 시작하면 대부분 우울하거나 슬픈, 부정적인 안색을 갖게 되기도 하는데 사실 나는 나의 건강함을 말하기 위해서 어둠을 지펴야만 했다. 내가 생각하는 좋은 시를 쓰기 위해서는 어둠을 정면으로 바라보고, 어둠 속에서 나를 어떻게 바라볼지 혹은 그런 대상이 있기나 한지 제멋대로 상상하면서 실패와 우정을 나누며 어둠 속의 천방지축이 되어보는 것, 나는 아마도 이십 대를 그렇게 흘려보낸 것 같다. 시가 없었더라면 이십 대가 어땠다고 쉽사리 말해볼 수도 없을 것이다.

학교에 오십여 명의 동기가 있었다. 모두가 글을 쓰기 위해 대학에 왔다는 사실만으로도 실은 벅차올랐다. 제각기 꿈이야 달랐겠지만, 쓰는 일을 곁에 둔 사람들을 다시 곁에 둔다는 것은 중고등학교 다닐 때부터 홀로 시를 썼던 내게는 반가운 일이나 마찬가지였다. 그렇지만 내가 쓴 시를 누군가에게 보여주는 일은 발가벗고서 내 몸이 어떻냐고 물어보는 수치스러운 일에 가까우므로 신중할 수밖에 없었다. 소설을 쓰는 친구들에게는 별로 보여주고 싶지 않고, 문학과 담을 쌓은 친구들에게는 아예 입 밖에 꺼내고 싶지 않으면서도, 나의 커다란 백팩에는 언제나 누군가에게 금세 보여줄 수 있을 정도로 단정히 인쇄된 시 몇 편이 항상 들어 있었다. 명함이나 자기소개서라도 되는 것처럼.

학교라는 둘레에 있을수록 혼자라는 감각은 오히려 더욱 커져갔다. 동기 중에 시를 쓰는 친구가 딱 한 명이 있어서 나는 그에게 자주 시를 보여주었고 우리는 금방 친해질 수 있었다. 서로의 시에 대해 떠드느라 밤을 새운 적도 많았고, 누가 시키지도 않았는데 각자 새로운 시를 쓰면 카페 귀퉁이에 앉아 예고 없는 토크쇼를 펼쳤기 때문이다. 그때는 일상이라 전혀 몰랐지만 우리는 종종 그때를 생각한다. 그때 우리를 작동했던 것에 대해서 이루 말할 수 없어도, 우리를 다독이고 우리를 채찍질했던 그때의 에너지를 우리는 쥐고 있었다고 말해볼 수 있지 않을까.

혼자 쓰는 것이 지쳐서 수업을 듣게 되었다고 말하는 수강생들의 인사말을 들으며, 그건 오래전 내가 누구한테도 말할 용기가 없어서 아무도 보여주지 않은 채로 들고 다녔던 나의 시와 다르지 않다고 생각했다. 어둠 속에 모여, 더 어두운 것을 가리켜보는 것, 그래서 좀 더 어둡지 않은 것을 밝아 보인다고 말해보는 것, 그런 어둠과의 실랑이 속에서 우리의 문장이 계속되어간다는 것을 잠시나마 실감해보는 것이, 쓰는 사람들이 유일하게 함께 해볼 수 있는 일이 아니겠냐고. 여행을 다니는 이유에 대해 사람들은 자주 물었고, 나는 제자리로 돌아와 잘 살기 위해 떠난다고 대답했다. 그것과 다르지 않게, 혼자서 잘 쓰기 위해 혼자였던 사람들이 모인 곳에 오게 되었다고 말하는 것이 이상하지 않다. 그래서 수업을 모두 마치는 날에는 가장 먼저 강의실에 도착해 출석부에 적힌 낯선 사람들의 이름을 마음속으로 읽어보며 혼자서 먼 배웅을 하기도 한다. 각자 문밖으로 나가면 다시 시작될 어두운 시간이 있을 것이기에. 온실을 떠나 거대한 숲으로 돌아가는 것 같아 한편으론 안심이 되고, 한편으론 또 만날 것 같다는 이상한 예감을 혼자 겨누며 사람들의 이름을 자꾸 되뇌곤 한다.

물로 그린 자화상이 있다면

훈데르트바서는 물이 환상적인 요소라고 생각하는 사람이었다. 물은 모든 출입구라고도 여기며 물 위에서 많은 작업을 했다. 물 위에서 거주하고자 하는 의지를 표방해 '레겐탁'이라는 이름의 배를 짓고, 누가 봐도 그가 그린 것 같은 닻을 팽팽하게 달아 올린 후, 강물 위에서, 바다 위에서 그림을 그렸다. '레겐탁Regentag'은 '비 오는 날'을 뜻한다. 그는 육지를 떠날 수 없을 때면 도시 곁에 흐르는 강물을 내다보며 자주 그림을 그렸다.

물에 대해 이야기하고자 한다면, 대부분 수영이나 물놀이에 갔던 날, 아니면 바다나 해변에 관한 이야기 혹은 물 공포증 같은 것을 말해볼 수 있겠다. 하루에 물 한 모금 없이, 물 한 줌 없이 사는 날은 없으므로 물에 대해 특별하게 할 이야기는 없지만, 내게 물이 특별하게 감각된 날이 하루 있었다. 너무 생생하게 기억이 나서, 지금도 자주 그때를 떠올리곤 한다. 내가 처음으로 자연에 대해 느낀 공포이기도 하다.

대학교에 다니면서 학교 근처에 작은 고시원을 얻었다. 여름이었고, 유독 비가 자주 내리던 때였다. 나는 손바닥만 한 창문 하나가 있고 없는 것으로 가격 차이가 큰 방을 두고 고민했었다. 오만 원을 더 내면 작은 창이 달린 방을 가질 수 있었지만, 그 창마저도 옆 건물에 가려 소용이 없어 보였다. 그래서 창문 없는 방을 선택했는데, 생각보다 많이 답답했다. 수많은 사람이 오고 가는 복도 문을 열어두곤 했는데 그건 그것대로 성가셨다. 한여름에도 문을 꼭꼭 닫고 살았다. 열 수 있는 문이 단 하나였기 때문에, 이런 표현이 적절하지 않은 것 같지만 그때엔 그때 나름대로 그 공간을 아꼈다. 더 나은 곳을 꿈꿀 수 있을 정도의 작은 희망이었다. 비가 많이 왔지만 방 안에 들어오면 비가 오는지 전혀 알 수가 없었다. 날씨가 전혀 관측되지 않는다는 점이 유일하게 그 방에서 내가 할 수 없는 것이었다.

침대에 누우면 발목이 훤히 침대를 이탈했다. 키가 큰 나에게는 종종 있는 일이지만, 이 작은 방이 내 큰 키를 견디지 못한다는 것을 느꼈다. 자주 가구에 부딪쳤고, 종아리에는 알 수 없는 상처가 늘어났다. 그건 그것대로 적응을 하고 있었는데, 그날 밤엔 적응할 수 없는 일이 일어났다. 밤늦게 잠들어 꿈을 꾸고 있었다. 물속에 잠겨 있는 모습이었다. 학교 다닐 때 '발상'이라는 주제로 그림을 그려 내야 했던 때가 있었다. 그때 나는 어항 속에서 헤엄치는 사람을 물끄러미 지켜보는 금붕어를 그려서 냈고, 좋은 점수는 받지 못했지만 종종 생각했다. 인간다운 것이 징그러울 때가 자주 있다는 것을. 지나치게 인간답게 살아서, 인간의 생각에서 벗어날 수 없다는 것을. 물속에 있었고, 나는 물이 내 피부에 닿는 차가움과 촉촉함을 느꼈다. 꿈 치고는 굉장히 생생했기 때문에 꿈을 꾸면서도, 이건 특별한 꿈이라고 생각했다. 눈을 떴을 땐, 꿈이 아니었다는 것을 깨달았다. 방에는 발목까지 잠길 만큼 물이 고여 있었고, 창문 하나 없는 방에서 방문 말고 세상 밖으로 나 있는 구멍 하나를 미처 알지 못했던 게 화근이었다. 천장에 있는 아주 작은 환풍구에서, 수도꼭지를 틀어놓은 듯 물이 콸콸 쏟아지고 있었다. 온몸은 이미 젖고, 침대는 울상이었다.

고시원 총무에게 찾아가 아무런 설명을 하지 않았다. 온몸이 다 젖은 나를 보고 고시원 총무는 이상한 낌새를 저절로 알아차렸기 때문이다. 그제야 침착하게 상황을 설명했다. 환풍구에서 물이 쏟아지고 있다고. 총무실에 나 있는 창문 밖으로는 비가 세차게 내리고 있었다. 비가 너무 많이 와서 바깥이 온통 빗금이었다. 총무는 사태를 파악하고 방을 살펴봐주었다. 그리고는 귀중품을 챙겨 빈 공실로 옮기라고 했다. 그런데, 귀중품이라고 할 수 있는 게 없었다. 책상 위에 그나마 덜 젖은 시집 몇 권과 노트북을 주섬주섬 챙겨 방을 옮겼다. 옮긴 방에는 딱 손바닥만 한 빛살이 들어왔다. 비가 와서 환한 빛살은 아니었지만, 세상과 먹통이었던 내 방에 있다가 와서 보니 어두운데도 눈 부시는 빛살이었다. 거기에 우두커니 앉아 수건을 쥐고는 머리부터 닦아 내리기 시작했다. 그것을 꿈이라고 생각하고 있었던 내가 우스워서 웃음이 났다. 그리고 갑자기 무서워졌다.

물에 침수된 엠피스리와 라디오가 있었는데, 원장은 그 소식을 듣고 변상해주었다. 그리고 갑작스레 옮기게 된 방에서 추가금 없이 살게 해주었다. 물에 잠겨 죽을 수도 있었던 그 순간을 견뎌낸 값이라고 생각하니 어쩐지 처연해졌다. 나는 비가 오는 날이면 손바닥만 한 창문에 얼굴을 딱 붙이고 앉아 바깥을 구경했다. 비가 오는구나, 시원하게도 내린다, 혼잣말을 하면서. 비가 오지 않는 화창한 날엔 창문에 얼굴을 딱 붙이고 앉아 바깥을 구경하지 않았다. 그것은 어쩐지 너무 적나라했으므로. 비가 가려주는 나와 바깥 그 사이의 잡음이 좋았다.

다행히도 물에 대한 공포감이 생기지는 않았다. 바다에서 몇 시간씩 놀기도 하고, 수영장에도 자주 갔으니까 말이다. 훈데르트바서는 육지에 붙어 있는 자신의 도시를 열심히 계획하며 살아갔지만, 어쩌면 육지 자체도 지나치게 인공적인 면모를 가진 곳이라고 생각했는지 모른다. 그것을 가리기 위해 건물 사이사이에 나무를 심고, 꽃과 풀이 우거진 발코니에 앉아 그림을 그렸을 것이다. 육지를 떠나 바다로 향하는 여정을 자주 즐겼던 그가 물을 어떻게 생각했을 지에 대해 자주 곱씹는다. 인간에게 최초의 자연이 있는 곳으로, 흙에서 태어나 흙으로 돌아간다고 하지만 물이 없었더라면 태어날 수도 없었을 씨앗보다 무능했던 태초에 대해 생각한다. 물벼락을 맞으면서도 특별한 꿈이라고 확신했던 내가 창문이 달린 방에서 살게 되었던 그 시절도, 물이 없었더라면 기억에서 금방 잊었을지도 모른다.

영화 〈셰이프 오브 워터: 사랑의 모양〉에서는 괴수를 사랑하는 여자가 나온다. 온몸이 비늘로 뒤덮인 괴수를 실험실에서 빼내어 자신의 집에 두고 그를 돌보던 여자는, 욕조에 물을 받다가 문을 잠그고 욕실 전체가 흘러넘치게 물을 틀어둔다. 그리고 물속에서 천천히 괴수와 유영하며 사랑을 나눈다. 나는 그 장면을 잊을 수가 없다. 물속에서 온전히 자유로워지는 인간과 인간이 아닌 것의 낯선 사랑에 대해서. 그것을 사랑이라고 부를 수 없는 이유는 지나치게 인간적인 윤리적 잣대를 갖다 대기 때문이고, 그것을 사랑이라고 부를 수 있는 이유는 사랑이 인간의 전유물이 아니라는 사실 때문일 것이다. 그가 물 위에서 그림을 써내려간 것도 어쩌면 그 사실을 덤덤히 인정하는 일이었을지도 모른다. 물이 점유하는 자리를 출렁이면서, 오롯하게 동떨어져 보이는 인간다운 모습을 물끄러미 감지하는 것. 그의 모든 작품에 깃들어 있는 모양이다.

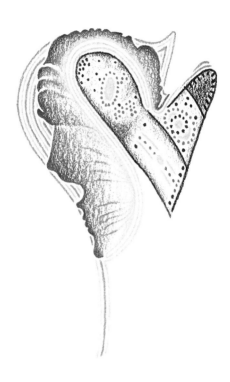

그 자리는 그대로 두는 게 더 낫겠군요

이별의 묘책으로 사람은 사람으로 잊어야 한다고 말하는 게 어색하지 않게 되었다. 그 말은 반절은 맞고 절반은 틀리다.

책의 정원에서 살고 있기 때문에 한 번씩 가지치기가 필요할 때가 있다. 할 일이 잔뜩 쌓여 있을 때는 눈에 보이는 것부터 정리하는 버릇이 있는데, 세로로 단정하게 꽂히지 못하고 갈피를 잃은 채 가로로 쌓여가는 책들을 먼저 치우게 된다. 거기에는 읽은 책, 읽지 않은 책, 읽다 만 책, 여러 권의 같은 책들이 있었다. 그중에는 나의 책도 섞여 있었다. 무심코 열어보면 면지에는 작은 글씨로 서명이 적혀 있고, 누군가에게 주기 위해 그 사람의 이름도 적혀 있었다. 그러나 시간의 소용돌이 속에서 유실된 안부와 연락, 그런 것들로부터 자연스레 소실하게 된 빌미, 슬쩍 밀어주며 전하고 싶었던 소식은 이토록 쌓여가고, 책에 적힌 날짜와 시간은 유난히 더 멀어 보이게 되었다.

내 책뿐만 아니라 어떤 책을 읽다가 누군가가 생각나서 산 책, 생일 선물로 준비해둔 책도 더러 있었다. 이미 절판되고 없는 고서를 구해 다가 준비해둔 선물도 있었다.

그래서 처음에는 면지를 찢어보려고 했으나, 그렇다고 해서 그 책이 다시 새 책이 되는 것은 아니었다. 이름에 줄을 긋고 다른 이름 을 적는다는 것도 조금 우습고, 하다 못해 동명이인이 나타난다고 할 지라도 서명에 적힌 개별적이고 각별한 메시지는 그의 것이 아닐 테 니 방법이 없었다. 다른 사람의 이름을 적어두었으니 내 책이라고 말 할 수도 없고, 그 사람의 책이 우리 집에 있는 일이라고 하기에도 일 방적인 것이었다. 그건 매우 비참하고 슬픈 일이었다. 싸우거나 결별 하거나, 서로를 증오하게 된 사이도 아닌데 시간이 흘러 유실물처럼 되어버린, 책을 펴들고 서명하던 곡진한 그 잠깐은 오랫동안 그림자 를 늘이며 서 있었다.

나무가 자랄 곳을 처치하고 그 자리에 건물을 세우는 것이니, 원래 있던 나무에 다시 자라날 공간을 줘야 한다는 것은 훈데르트바 서의 주장이었다. '나무 세입자'로도 잘 알려진 그의 작품에서도 볼 수 있듯이, 그는 그것을 실현했다. 발코니며 복도며 공동 정원이며 할 것 없이 그 자리에 있던 나무들을 건물에 옮겨 심었고, 비엔나의 한 시영 아파트는 내부와 외부를 구분할 수 없을 만큼 많은 나무로 뒤 덮여 있다. 원래 나무가 있던 곳이니까, 다시 원래대로 나무에게 자리 를 내어주는 것이 이상하지 않지만 생경하다.

영화 〈맨체스터 바이 더 씨〉에는 아파트 잡역 일을 하는 주인공 '리'가 나온다. 리는 반복적인 삶을 곧잘 견디다가도 이내 폭발하여 술집에서 시비가 붙고 주먹질까지 하게 된다. 어느 날 그가 의지하던 형이 죽고, 형의 아들의 후견인이 되어 자기 삶의 새로운 변화를 맞게 된다. 이 영화는 아주 느릿하지만 섬세하게 인간이 상실하게 된 자리는 그 무엇으로도 채울 수 없다는 것을 이야기한다. 다만 그 상실한 자리를 온전하게 텅 빈 존재로 받아들이고, 누군가 상실한 자의 옆에 잠시 있어주는 것만으로도 위안이 될 수 있다는 것을, '형'의 장례식을 준비하는 과정 속에서 보여준다. 그 상실에 애써 손대지 않으며, 묵묵하게 슬픔을 녹여 먹듯 잊고 싶은 과거를 끌어안고 계속 살아가야 하는 인간의 맨얼굴을 가장 잘 보여주는 영화였다. 그 영화는 인간이 내면에 가지게 된 상처에 대해 이렇게 말하는 것 같았다. "그 자리는 그렇게 두는 것이 낫겠군요."

회사 일로 김개미 시인의 산문집을 편집하면서 "상처에게도 상처의 할 일이 있을 것이다"라는 문장을 오랫동안 곱씹은 적이 있다. 상처가 나면 빨리 아물기만을 바라며 스테로이드 가득한 연고를 덧바르고, 흉터가 생기지 않게 습윤제를 붙이곤 했던 나의 엄살 같은 것이 조금 우스워 보이기도 했다. 상처에게도 상처의 할 일이 있다는 말은, 상처를 내버려둬야 한다는 말과는 조금 다를 것이다. 왜 자꾸 욱신거릴까, 왜 잊히지 않는 걸까, 왜 채워지지 않는 걸까 그런 공허

한 수수께끼에서 잠시 빠져나와 나의 시간을 다시 나에게 쥐어주는 것이다. 그 기다림이 무언가를 해결해주리라 생각하지 않고, 그 자리에는 그것이 해야 할 일이 있다는 것을 조금 아는 사람처럼 묵묵하게 기다려보는 것.

책장 정리를 마저 하다가 서명했으나 아직 주지 못한 책들을 한쪽에 따로 쌓아두었다. 말없이 우편을 부쳐볼까, 오랜만에 연락해서 만나자고 한 다음 그때 주지 못한 마음을 전해볼까, 그마저도 놓치게 되어서 나는 〈서명했으나 아직 주지 못한 책들〉이라는 서재를 하나 갖게 되는 것은 아닐까 별생각이 들었다. 그러나 그런 책의 운명도 있는 것이라고 생각했다. 그 책에 무슨 짓을 하더라도 맨처음 새 것의 얼굴을 가질 수 없는 것처럼, 그 사람의 이름을 쓰고 하고 싶은 말을 간단하게 적는 그 순간도 자명한 사실이었으므로, 지금 줄 수 없는 상황을 탓하지 않고 그대로 두는 것이다. 이런 것을 무용지물이라고 할까? 그 자리엔 그런 책들이 쌓여 있는 게 익숙해 보였다. 치우면 허전할 것 같았고, 그렇다고 해서 더 많은 책을 쌓고 싶지도 않았다. 그 이름을 부여잡고 있는 책의 속사정 같은 것이 있다면, 갑작스러운 전화 벨소리에 심장이 쿵쾅쿵쾅 뛸지도 모르는 일이었다.

겨울 숲에 날아든 새를 위해

누군가와 만나는 시간은 추상적이었던 것들을 구체적으로 만드는 일이었다. 연애에 대해 생각하면 대체로 그랬다. 불가능했던 추상성이 구체적으로 다가올 때마다 경이로웠다. 그러나 문득 연애가 끝난 자리에서 나는 내가 만들고 일궜던 세계로 잘못 날아든 새들의 행방을 생각했다. 숲인 줄 알았다가, 결국 내려앉을 곳 없이 다시 먼 곳으로 떠난 새들에 대해. 이제 이곳은 있을 만한 곳이 아니야. 어쩌면 돌아가지 못하고 나의 인공정원에서 비행을 멈춘 새들에 대해. 새에 대한 망각은 날개를 갖기 시작했다.

김행숙 시인의 〈새의 위치〉라는 시를 자주 떠올린다. 새의 행방이 궁금할 때마다 이 시가 떠올랐던 것인지도 모른다.

우리는 죽은 새처럼 말이 없네./ 나는 너를 공기처럼 껴안아야지. 헐거워져서 팔이 빠지고, 헐거워져서 다리가 빠져야지./ 나는 나를 줄줄 흘리고 다녀야지. 나는 조심 같은 건 할 수 없고, 나는 노력 같은 건 할 수 없네. 오늘은 내내 어제 오전 같고, 어제 오후 같고./ 어쩜 눈이 내리고 있네. 오늘은 할 수 없는 일이 얼마나 많은지, 그러나 오늘은 발자국이 생기기에 얼마나 좋은 날인지.

나는 나의 숲에 잠깐 다녀간 사람들을 새로 비유할 수밖에 없는, 모호하고 추상적인 사람이 되어버렸다. 눈먼 청설모가 되어 온 숲을 샅샅이 뒤지고 다니는 곳마다 차가웠다.

가볍고도 소리 없이 발자국을 남기기에 좋은 시간이 내게는 그랬다. 끝끝내 옆 사람에게 나를 들키고 마는 그런 시간이 있었다. 메신저 상태 메시지나 '#럽스타그램'으로 떠드는 그런 연애는 조금 우습다. 그러나 예쁘다. 예쁜 것들은 언제나 흔적 없이 사라져버린다. 소리 없이 다가와서 지켜보다가 소리 없이 떠난 흔적을 알아차렸을 때, 이곳에서 가장 어울리는 것은 나뿐이었다. 나의 일부도 당신의 정원에 오래오래 있거나 잊히겠지만.

사랑하면 사랑한다고 말할 줄도 알아야지. 밥 먹었다는 말 말고, 어디서 무엇을 먹었는지 정도는 말해줄 수 있어야지. 구체적인 세계가 뭉뚱그려 희미해져가는 것을 실감하곤 했다. 이제는 죽은 새를 보듬고 있다. 잠든 것도 아닌데 그 새가 깨어날까 봐 조심히 걷는 그 조심스러움으로 계속 걷게 되는 것. 알던 길도 헤매고, 가본 길도 헷갈리게 되는 그런 숲에 갇혀서 영영 겨울을 보내게 된 것인지도 모른다.

손에 품은 새가 죽었는지 살아 있는지도 모르는 채로, 새를 따뜻하게 해줘야지, 지금 나는 새를 쓰다듬고 있는 거야, 라고 생각해버리는 것이 연애라면 어쩌면 사랑은 죽은 새를 묻어주는 것일지도 모른다. 이런 이야기는 참 아름답지 않지, 중얼거리는 동안에 눈이 그치는 일이 심장이 멎는 일보다 더 고요했다는 것을 나는 처음 들었고, 연애가 수많은 잡음을 건너와 내게 일러준 것이기도 하다.

차가워서 보듬어줄 수 있었던, 그러나 보듬어줄 수 있어서 애써 차가워지기도 했던 우리의 기나긴 겨울은 아직 숲에서 빠져나오지 못했다. 떠오른 새는 다시 내려앉기 위해 열심히, 바닥을 향해 갈 것이다.

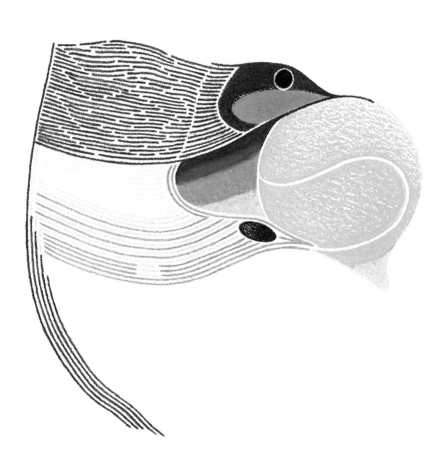

사랑은 유머 일번지

나에게 사랑이 무엇인지 묻는 사람이 있습니다.

그는 인터뷰를 얼른 마치고 집에 가고 싶습니다. 나는 눈치 없이 대답을 오랫동안 고릅니다. 흰 백지에 손을 얹고 새카만 제 손만 봅니다. 글쎄요, 라고 운을 떼운 다음 차근차근 생각해보기로 합니다.

사랑은 유머 일번지 같은데, 그것을 더 구체적으로 말하고 싶습니다. 그래서 시를 쓰는 것은 아닐까, 유머 일번지라고 말하면 횡설수설이 될 것 같아서 침을 꼴깍 삼킵니다. 그러니까, 라고 다시 운을 떼워서 정리를 해보기로 합니다. 이렇게 혼자서 초조할 일인가 싶습니다.

사랑은 두 사람만 아는 유머 같아요. 그러니까 수백 명의 사람들 속에 있어도, 그 둘만 아는 유머를 알아보고는 어깨를 들썩이며 웃을 수 있는 거요.

겨우 대답을 하고 집에 돌아오는 길에 생각합니다. 지하철에 표정 하나 없는 사람들을 지긋이 바라보면서, 웃고 싶다고 생각하지만 웃을 겨를이 없습니다. 유머가 동이 난 사람은 갈 곳이 없고, 내릴 곳만 남았습니다.

좋은 유머는 코미디 쇼에서 방청객들이 반짝 웃고 마는 시시한 것이 아닙니다. 자기 전에도 피식 웃어버릴 수 있는 교묘한 잔기술이기도 합니다. 알면서도 그것에 넘어지고는 또 웃는 것입니다. 웃다가도 너무나도 슬퍼 울어버리는 것입니다. 울다가도 웃으면 그 광경이 또 웃음이 나서 웃는 것이고, 웃음이 서서히 잦아드는 시간까지도 함께하는 것입니다.

나의 사랑에 대한 비약적인 이 이야기가, 이 글을 읽는 사람이 가지는 유머를 자극하거나 떠올리게 했으면 좋겠습니다. 이것은 사랑을 갈구하는 나의 자세이기도 합니다.

유머는 빵 반죽에 들어가는 이스트 같기도 하고, 역사가 오랜 도시에 흐르는 강물 같기도 합니다. 없으면 없는 대로 볼만하겠지만, 있다면 있는 대로 계속 새로워질 수 있습니다. 고전 유머부터 유행하는 새 유머까지의 여정 속에는 해학이 들어 있는 비애가 있습니다. 그 감정은 사람이 떠나도 오래 남습니다. 계속 이어지지 않는 시리즈를 간직하고 있는 것입니다.

이 유머는 다른 이에게 적용되지 않습니다.

혼자서 꽁꽁 숨겨두다가 꺼내볼 수도

영영 잊을 수도 있을 것입니다.

나선형의 사랑
밤과 비

밤의 친구들이 있었다. 정확히 말하면 새벽에 호출되어 남들보다 조금 늦게 하루를 끝내는 사람들이 깨어 있는 시간. 그 시간에 합류해 각자의 지지부진한 것들을 부둥켜안고, 때로는 벗어던지고 밤의 채찍질을 피해 다니며 누구보다 환하게 어둠을 들이밀었던 친구들.

학교 다닐 때까지 나는 누구보다 늦게 자는 사람이었다. 하루를 잘 못 보낸 것 같아 괜히 아쉬워 잠들지 못하는 시간의 연속이었다. 시는 밤에 써야 한다고 생각하던 허황된 사람이기도 했고, 사실 그땐 밤에 하는 모든 것이 좋았다. 밤의 심부름꾼처럼 가만히도 여기저기 잘 쏘아 다녔으니까, 수만 가지의 문을 열고 다니면서 그중 깨어 있는 사람들이 있었고 그들과는 친해지는 게 어렵지 않았다. 물론 지금은 거의 상상할 수 없는 일이 되었지만 말이다.

밤에 기대어 살면서 비겁해지는 순간이 많았다. 밤의 용기를 빌려 했던 말, 썼던 모든 것이 아침에는 검은 연기를 모락모락 피우며 사라져 있었기 때문이다. 그래도 밤이 되면 측은해지는 마음 하나를 기워, 혼자서 안부를 띄운다. 잠들지 못하는 사람이 올린 사진과 글을 보면서, 일찍 일어날 걱정으로 가득해 밤을 무겁게 짊어진 사람의 사진과 글을 보면서, 잘 모르겠지만 많은 밤을 까치발로 건너온 언어들이 지은 시집이라는 밤의 시차를 통해서 나는 자꾸 나약해지는 나를 붙잡는다. 이진명 시인의 시집 제목처럼, 밤에 용서라는 말을 들었다.

언젠가 햇볕이 좋은 공원을 산책하다가 청탁 전화를 받았다. 자신에게 영향을 준 예술가 한 명을 선정해 시와 짧은 산문을 써달라는 내용이었다. 사실 그런 것은 매우 곤란하고 어렵다. 무언가가 상정해 있으면, 그것으로 목줄에 메이기 때문이었는데, 그때 나는 유럽 여행을 마치고 돌아와 훈데르트바서와 사랑에 빠져 있어서 주저 없이 수락했고, 그때 그의 작품 중 좋았던 제목을 그대로 빌려 시로 썼다. 훈데르트바서에게 밤과 부엽토와 비는 모두 중요한 것이었다. 인간이 할 수 있는 것이 아닌 것들로 그는 종종 살아 있음을 느꼈고, 밤과 부엽토와 비가 서로를 붙잡고 움켜쥐고 있는 것을 사랑이라고 읽은 나는, 밤에만 사랑하던 사람들을 떠올리며 시를 썼다.

예고 없이 내리는 비를 맞으면서도 깔깔거릴 수밖에 없었던 혜

픈 시간이 있었다. 그것들을 모두 받아내 희미한 기억으로 피어 올리는 부엽토는, 우리가 공평하게 나눠 가진 시간이었을지도 모른다. 밤의 눈꺼풀 밑에서 밤에만 깨어 있는 사람들과 나눈 대화들, 서툴고도 침착했던 마음들에 대해 생각한다. 비겁하다고 생각했지만, 내가 어둠에 지지 않고 밤을 점유하는 방식이었기 때문에 후회하지는 않는다. 그리고 메신저 창에서 차례로 떠나는 사람들과 끝끝내 켜져 있는 사람들에게는 아마도 아침이나 한낮의 오후는 없었을 것이다. 우리가 밤을 가지기 위해 바꾼 것은 무엇일까. 밤에만 나약해지던 우리는 서로의 어떤 것을 끌어안았을까. 그런 것들이 쉽사리 짐작 가지 않는 밤에 나는 이제 우두커니 혼자가 될 수 있다.

이제는 아침에 부스스한 얼굴로 피어나는 사랑도, 게을러서 아무것도 쫓아가지 않는 사랑도 신뢰할 수 있다. 피로에 무릎을 꿇으며 가장 짧은 밤을 보내게 되는 시간 속에서도 나는 사랑을 더듬어 찾는다. 각자의 부엽토 속에서 피어난 것들을 지키느라 모두들 만날 수는 없겠지, 사랑이라는 것이 꼭 만나서 확인할 필요는 없으니까, 그 오래된 시간 속에 포섭되어 있는 우리들의 일그러진 얼굴도 우리였으니까, 나는 잠깐 비처럼 쏟아지는 생각들을 온몸으로 맞는다. 그에 걸맞은 우산은 아직 발명되지 않았기 때문이다.

나선형의 사랑
대화의 굴곡

나는 사람들과의 대화를 좋아하고, 온전히 듣는 편에 섰을 때 대화의 기쁨이 완성된다고 생각한다. 가끔은 하고 싶은 말이 너무 많고, 또 가끔은 아무것도 듣고 싶지 않을 때가 있지만 대체로 대화는 내게 어떤 양식을 몰래 가져다준다. 시를 쓸 때에도, 사람들과 나눈 대화에서 촉발하는 것들이 있고, 나를 톺아보고 싶은 낱말이나 형용된 문장은 오래오래 나의 별명처럼 따라다니기도 한다. 혼자서 하는 대화와는 완연하게 다른 두 사람 그 이상의 대화에서 나는 대체로 살아 있음의 상태를 종종 느끼고 실현한다.

그런데, 대화의 형태 가운데 내가 의아하게 생각하는 부분은 '솔직하게 말하자면'이라고 말하는 방식이다. 자신의 진술한 이야기를 시작해보겠다고 선언하는, 대화를 전개해나가는 관습적인 방식이지만, 나는 그 말로 인해 그동안 해왔던 말은 솔직하지 않았다는 뜻인지, 어떤 것은 솔직하고 또 어떤 것은 솔직하지 않게 말하고 있다는 증언인지 헷갈릴 때가 많았다. 물론 나도 누군가에게 '그냥 솔직히 말하면' 하면서 털어놓는 이야기들이 있었는데, 말하고자 하는 것의 강도나 수위가 조금 더 세지거나 진솔해질 때 입버릇처럼 하는 일종의 접속사처럼 다루었다. 그러나 늘 솔직하게 대화에 임했던 사람이라면 그런 말을 할 필요가 있을까. 솔직하게 말하자면, 그 말에 함의되어 있는 것을 우리는 알 수가 없고 그것마저 솔직했는지 알 방법이 없다.

훈데르트바서는 직선을 끔찍이도 싫어했고, 직선에 대해서는 '신의 부재이며, 부도덕 그 자체'라고 말할 정도로 비판적이었다. 쇠자를 구부리며 찍은 훈데르트바서의 사진만 봐도 충분히 이해가 가는 대목이다. 곡선에 대한 찬양은 작품에도 반영되었고, 자연물에는 직선이 존재할 수 없다는 그의 실천적 발견이 비로소 '곡선'에 대한 사랑과 가치관을 완성할 수 있었다.

그러나 나는 직선의 정확함을 때론 동경했다. 그리고 곡선을 이해하기 위해서는 어떤 직선을 지나왔는가에 대한 판가름도 필요했다. 사람 관계에서도 마찬가지였다. 나는 모든 사람에게 솔직해야 한다고 생각하던 사람이었으나, 어떤 연애를 하면서도 가까운 사람을 지키기 위해서는 아주 조금의 거짓말이 필요했고 솔직해서 상대방을 난처하게 하거나 다치게 만드는 경우가 있었다. 그래서 이 솔직함이라는 직선을 때때로 완만하게 구부리거나 아예 꺼내놓지 않아야 더 지속될 수 있다는 사실을 깨달았다. 직선은 빠르고, 단단하고, 흐트러짐이 없다. 그런 대화를 나눠야 할 때와 다르게, 완만하고 느리게, 모난 곳 없이 주고받아야 하는 대화도 필요하고, 사람이나 상황에 따라서 대화의 유연함을 필연적으로 만들어야만 좋은 대화를 할 수 있다는 사실도 알았다. 그래서 어쩌면 무책임하게 '대화에서는 듣는 편이 더 유리하다.'라고 스스로 생각했던 것이 아닐까 싶다. 완만한 곡선의 형태로 말하기 위해서 처음에는 부풀려 말하거나 왜곡된 형태가 필요했다. 어떤 거절을 할 때에도, 상대방이 거절에 대한 상처를 받지 않도록 마음에도 없는 다음 약속이나 기약을 한다거나, 거절의 이유를 완전히 다른 핑계로 말해야 할 때가 그랬다. 그럴 경우에 '솔직하게 말씀드리자면,' 하면서 내 진심을 말해볼 수도 있었는데, 그럴 수는 없었다.

'솔직하게 말하자면' 이 말에 담긴 직선을 읽는다. 그러나 때로는 곡선처럼 읽히기도 한다. '나 지금 조금 더 자세히 말해볼게, 놀라지 마, 조금 더 가까이 갈게.' 그런 예고처럼 느껴지기도 하기 때문이다. 그런 마음에 준비가 되어 있다면 보다 더 솔직해짐에 대해서만 생각할 수 있어서, 그간 대화가 모두 솔직하지 않았는지 따위는 생각나지 않는다. 그러나 마음에 준비가 되어 있지 않을 땐 '아니야, 말하지 마.'라고 말하게 되고 '솔직하지 않아도 돼.'라고 대답해볼 수도 있게 된다. 어떤 신호에 응답하는 방식은 여러 가지니까, 직설적으로 단언하는 일보다는 '솔직하게 말하자면'으로 운을 떼는 신호가 더 완만해 보이기도 한다.

　너무 많은 직선 장대 속에서 반듯하게만 살아야 한다고 생각해왔던 것인지도 모른다. 직진밖에 없는 도로 위의 자동차처럼 아슬아슬하게 속도 경쟁을 하듯이. 그러나 완만하게 우회하는 커브가 있고, 그 대화의 커브 속에서 자연스럽게 진술해지기를 자처하는 우리의 솔직한 진심 같은 것은 은유적일 때 더 멀리 와닿기도 한다. 덜 사실적이어도 더 사실적으로 느껴지기도 하는 것처럼. 내가 시를 쓸 때에도 그런 마음이다. 사랑, 이 한 단어로 말하면 될 일을 몇십 매의 원고를 썼다 지우고 썼다 지우기를 반복하는 것은, 간곡함이 있기 때문이다. 이 간곡함이 장대비처럼 내리지 않고 물방울처럼 맺혀 오랫동안 흐르기를 바라는 것은, 그것이 곡선만이 가진 목소리이기 때문 아닐까.

함께하지 않는 사랑을 기다리는 것은 아프다(1971)

무한한 모래가 쏟아지는 모래시계를 거꾸로 세우면서 생각한다. 얼마나 더 많은 기다림이 남아 있는가. 그리고 나는 그것을 견딜 수 있는가. 같은 모양의 유리관에서 유리관으로 쏟아지는 모래는 어느 순간 한쪽으로 치우치게 되고, 그것은 보는 자로 하여금 시간을 움켜쥐게 한다. 텅 비어 더는 내릴 것이 없어질 때 다시 모래시계를 거꾸로 세운다. 상대적인 시간에 대해 이해하는 척했지만, 기다림은 끝내 나를 비겁한 구석으로 몰아세운다.

나는 사랑을 여러 가지 이름표로 가지고 있다. 지속되는 사랑도 있고, 이미 끝나버린 사랑도 있다. 함께한 모든 시간까지 부정하고 싶을 만큼 잊고 싶은 사랑도 있었고, 누구 하나 끝내자고 말한 적도 없이 저절로 분절된 사랑도 있으니까 이쯤 되면 사랑은 언제나 내게 기다림을 명령한다. 기다리며 생각해보라고. 끝끝내 바라는 형상이 나타나지 않더라도, 기나긴 어둠의 터널을 지나는 시간이 무용하지 않을 것이라고. 사랑을 발명하려고 했지만, 결국 사랑은 기나긴 기다림이 지어주는 별명이고 그것을 발견하는 일이다.

훈데르트바서의 그림 〈함께하지 않는 사랑을 기다리는 것은 아프다It Hurts to Wait with Love if Love is Somewhere Else〉(1971)를 좋아한다. 황금빛 건물, 창문마다 물방울이 맺혀 있고 1층 작은 창 하나에는 기다리는 듯한 사람의 얼굴 하나가 덩그러니 그려져 있다. 창문의 물방울이 생기가 아닌 눈물로 읽히기 시작하고 기다림의 표정은 물방울과 다르지 않게 느껴진다.

첫 시집을 낸 이후에 쓰게 된 시들에는 부부의 인물이 종종 등장했다. 서로를 성립하게 만드는 부부라는 이름 아래에서 엇갈리고만 이들의 이야기를 주로 썼다. 두 사람이 나란히 있는 모습은 견고하고 아름답기도 하지만 가끔은 위태롭다는 생각을 한다. 두 사람 사이에서 한쪽으로 쏟아질 그 무언가가 나타나기 시작하면 두 사람은 어쨌거나 하나의 마음에서 잉태한 서로 다른 몸이 되기 때문이다. 그 몸이 각자 생각하는 기다림이 생기면 함께 있더라도 외로워지는데, 나는 그런 것을 시로 쓰고 싶었다. 함께 잠들고, 함께 일어나 능소화가 활짝 피어난 담벼락을 함께 걸으며 산책하고, 함께 다음을 궁리하는 동안에도 언제든 쏟아져버릴지 모르는 사랑의 기울기에 대해 오랫동안 고심했다. 나는 그런 관계 속에서 언제나 기다림을 주는 쪽이었다. 언제까지 기다리면 될까. 옆에 있는 사람에게서 응답 없는 부재의 상태를 느끼는 허망함은, 긴 말줄임표를 낳았다. 그것을 채우기 위해서 많은 농담이 오고 갔지만, 우리는 끝내 서로를 기다리는 입장이 되었다. 한 사람은 사랑에서 가장 멀리 있는 곳으로 출발했고, 한 사람은 이것이 사랑이었나 의심하는 쪽에 고개를 돌려 떠나버린 열차를 보내야만 했다. 그렇게 단란했던 정류장은 폐허로 변해버렸다.

함께하지 않는 사랑을 기다리는 일이 아프다는 것은 지극히 당연한 일이다. 혼자 들끓으며 좋아하는 일도, 결국 오랜 기다림으로 둔갑하는 순간 자신을 내리치기 쉬운 둔기가 된다. 같이 있지만 옆에 없는 것 같고, 옆에 있지만 계속 기다림이 끝나지 않는 것 같아서 나는 사랑을 의심한 적도 있었다. 끝내 사랑은 공평하게 흘러갈 수 없는 것은 아닐까, 주면서도 받고 싶은, 받으면서도 무엇을 줄까 고민하게 되는, 사랑이 어지럽힌 곳을 까치발로 다니면서 우리가 쫓기는 사람처럼 되어버린 게, 슬프고 잔인하다고 생각했다.

기다림이 주는 선물도 있다. 기다림이 주는 고통의 사슬도 있고, 기다림은 끝끝내 당도하지 않을 작은 미래처럼 머물러 있다. 우리는 그 미래를 불안으로 실감하면서도, 그게 불안이 아닐 거란 기대를 품는다. 사랑은 그런 희망을 산란시키는 힘이 있다. 기다리는 동안에 우리는 조금씩 달라진다. 어떤 기대를 종이 접듯 접으며 나 혼자만의 단단한 착각이었다고 생각한다. 상대적인 시간을 어림잡으며 그렇게 미래를 불안한 현실로 끌어당긴다. 그 위태로움 속에서 지켜지는 사랑은 기다림을 만들어낸 것이 아니라 기다림이 준 것이기도 하다. 조금씩 짧아져 가는 유통 기한을 밀어내면서, 모래시계 속 더 빨라지는 모래를 애써 모른 척하면서, 기다리겠다고 말한 적 없이 기다리는 의자가 된다. 더 정확히는 의자의 자세를 이해하게 된다.

햇빛세입자

1. 창문을 본떠 집 안으로 들어오는 햇빛세입자는 아무런 소리 없이도 자신이 어디에 있는지 알려줍니다.

2. 햇빛세입자는 그림자를 소개해줍니다.

3. 햇빛세입자는 기분 좋아지는 호르몬을 생산하게 합니다. 어둠 속에 웅크려 있던 것을 깨우고, 먼지가 부유하는 것을 보여주며 청소를 하라고 재촉합니다.

4. 햇빛세입자는 가끔, 인간이 무분별하게 세워놓은 건물로 길을 잃기도 합니다. 햇빛이 들지 않는 집은 우울합니다. 기본적으로 우울하기 때문에 치명적이지는 않습니다. 자주 눈을 비비게 될지도 모릅니다.

5. 아침에 가장 영리한 시계가 되어줍니다.

6. 햇빛세입자는 외부의 아름다움을 내부에 옮겨옵니다.

7. 햇빛세입자는 그 어떤 공간도 차지하지 않습니다. 가끔 살아

있음을 몸소 알게 해주는 조련사의 역할도 합니다. 햇빛세입자는 대부분 온화한 얼굴을 하고 있습니다.

8. 햇빛세입자는 외부와 내부를 잇는 최초의 통로가 됩니다. 일시적으로 열리는 시간이 있으므로, 그 시간을 즐길 것을 권장합니다.

9. 날씨를 간접적으로 중계하는 수다쟁이가 되기도 합니다. 햇빛세입자는 돌연 사라져버리기도 하고, 뜬금없이 나타나기도 합니다. 그러나 놀라지는 마세요. 인기척을 내지 않습니다.

10. 햇빛세입자가 드나드는 자리에서부터 집은 유연해집니다. 암막 커튼으로 입장을 막았다면, 지금 당장 열어 젖히세요. 집에도 기분이 있다면 햇빛이 드는 자리에서 턱을 괴고 싶어 하니 그 게으름을 햇빛 속에 놓아주세요.

훈데르트바서의 나무 세입자

1. 창문 밖으로 자라나는 나무 세입자들은 멀리서도 볼 수 있으며 많은 사람에게 이롭습니다.

2. 나무 세입자들은 산소를 생산합니다.

3. 나무 세입자들은 습할 때와 건조할 때의 차이, 따뜻할 때와 추울 때의 차이를 완화시켜 도심과 실내의 온도를 조절합니다. 두통을 줄여주고 건강을 지켜줍니다.

4. 나무 세입자들은 완벽한 먼지 흡수기이며 공기 정화 시스템입니다. 특히 나무 세입자들은 근처의 진공 청소기가 빨아들이지 못하는 미세한 유독 먼지를 중화하고 제거해줍니다.

5. 빌딩 숲의 메아리 효과를 줄여 거리의 소음을 크게 감소시킬 것입니다.

6. 나무 세입자들은 막의 역할을 하여 안전한 느낌을 제공합니다.

7. 적은 양의 흙으로 살아가야 하기 때문에 나무 세입자들은 큰 나무로 자랄 수 없습니다. 그래서 크기가 한정될 것입니다. 그들이 자라나고 있는 창문으로도 태양과 빛이 쉽게 들어올 것이며 겨울에 잎이 떨어지고 나면 더욱더 그럴 것입니다.

8. 거미와 개미는 나무 위에 살지 않으므로, 그들에 대한 걱정은 할 필요 없습니다. 그러나 나비들과 새들이 방문해주면 좋겠습니다.

9. 이런 방식으로 자연의 일부와 공존함으로써 아름다움과 기쁨이 당신의 집에 회복될 것입니다.

✦ 훈데르트바서 作, 〈비엔나 알저바흐슈트라세의 건물 거주자들에게〉(1980).

밤 부엽토 잘 지내나요

밤 부엽토 잘 지내나요
엎드려 자는 이곳은 바닥이 천장처럼 멀군요
잠을 부축하는 기분으로 눈을 뜨면
우리는 나선형 사랑을 할 수 있다
거창하고 거추장스러운 직선 위에서 떨어져
무엇인가가 흔들린 게 분명하다고
눈 뜨고 잠꼬대 하는 밤 부엽토 안녕하신가요
어둠에 다다랐을 때 나무의 세입자들처럼
열매로 보이고 싶은 거울 앞에서
백태 낀 혀를 내밀어보는 잠깐의 환함으로
부끄러운 것을 잔뜩 끌어다가
잠 속에 두고 오는 피로를 우리는 기꺼이 할 수 있다
행복한 죽은 이들의 정원에서 피어나는
편지 한 줄은 그것을 비료로 피어나지요
밤 부엽토 잘 지내나요
그 들판을 건너가면 모든 직선이 기쁘게 죽고
슬픔을 곡선처럼 다루는 기예를 볼 수 있겠군요
우리는 그것을 사랑의 쇼라고 부르고

천장에 올라서 위태롭게 포옹 할 수 있다
두 직선이 하나의 곡선으로 이어질 때
우리는 서로의 눈금을 나란히 두었군요
아무도 흔들어 깨우지 않는 잠을 자고 있나요
버리고 싶은 것을 잔뜩 데리고
야간 기차를 탄 당신의 지루한 여행길에
온종일 내리고 싶은 마음은 비가 많은 구름에서
나는 나무를 위해 우산을 쓴 바쁜 사람
밤 부엽토 잘 지내나요

✦ 훈데르트바서 作, 〈10002 밤 부엽토 잘 지내나요10002 Nights Homo Humus Come Va
How do you do〉(1983).
✦✦ 훈데르트바서 作, 〈행복한 죽은 이들의 정원The Garden of the Happy Dead〉(1953).

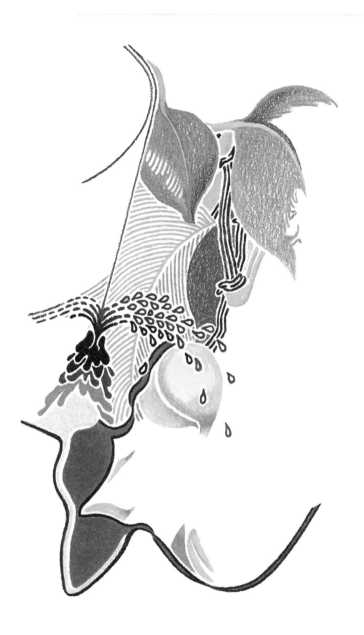

풀베개가 되기 위한 새싹들의 전진

어려서부터 일찌감치 재능을 발견하고는 그 싹을 잘 키워가는 아이들이 있었다. 바이올린이나 첼로를 잘 켜서 국제 대회에서도 수상한 적 있는 친구들은 소리 소문 없이 한국을 떠났다. 무슨 일만 있으면 불려 나가는 만능의 친구들이 반에는 꼭 한 명씩 있었다. 그들을 먼발치에서 바라보곤 했던 나는 아이들이 가지고 있는 재능을 유심히 살피고 그저 부러워했다.

그때 형편이 어려운 집의 사연을 청취하고 살던 집을 완전 새롭게 개조하는 예능 프로그램이 유행이었다. 내 또래의 아이들이 살고 있던 그 집들은, 이경규 아저씨의 입담과 인테리어 전문가의 도움으로 환골탈태에 성공했다. 그 모습이 너무나도 멋지게 느껴져서, 그때 이후로 나는 장래희망에 인테리어 전문가라고 적었다. 그래 봤자 방송이 끝나고 방으로 들어가 대책 없는 책상 정리를 하는 게 겨우 내가 가진 꿈을 실현하는 전부였지만. 방송이 종영하고 그 꿈도 자연스럽게 막을 내렸다.

훈데르트바서의 유년기가 국내에 자세히 소개되어 있지는 않지만, 내가 기억하는 바로 그 역시 일찌감치 싹을 드러냈던 사람이다. 가족의 영향을 많이 받았던 훈데르트바서는, 도자기에 그림을 그리는 화가였던 할아버지의 영향을 많이 받았다. 그는 만 여섯 살에 난생처음으로 자신의 작품이라고 할 수 있는 드로잉을 완성했고, 그 이후로 크레용을 이용한 작품 활동을 시작했다. 어려서 색깔에 대한 반응이 유독 돋보였다는 그는 여덟 살 무렵에 다니던 비엔나 몬테소리 학교에서 "색채와 형태에 대한 남다른 감각을 지닌 학생"이라는 평가를 받기도 했다. 무엇보다도 어머니의 열렬한 지지가 있었으며, 어머니와의 유대감은 훈데르트바서에게 중요한 원동력이 되었다.

아름다운 새싹들의 기억을 열거하니, 처음으로 시를 썼던 순간이 떠오른다. 집에 빨리 가고 싶은 마음에 적었던 시가 하나 있다. 중학교 3학년 교내 백일장을 하던 긴장감 없이 늘어진 오후 어느 마지막 교시에, 나는 구석에서 시를 적었다. 그때 집에 일찍 가서 뭐 했는지는 기억나지 않지만, 몇 달 후 졸업식에서 예고 없이 처음으로 단상에 올라가 큰 상을 받았다. 수많은 부모님이 와 있는 그 자리에서 말이다. 상을 받고 내려오는 교정에는 일렬로 서 있던 선생님들이 있었다. 마치 내가 대단한 일이라도 한 것처럼, 금의환향하는 사람이 되어서 그들의 엄숙하고 진지한 얼굴에서 화답을 받았다. 글을 참 잘 쓰더라, 소질이 있더라.

그런데 그 말은 한동안 잊고 살았다.

친구 부모님들이 다가와 대단하다며, 칭찬을 해주던 졸업식 날에 나를 축하하러 온 사람은 아무도 없었다. 부모님의 이혼 조정 기간이었기 때문이다. 엄마가 일찍 다녀갔다는 이야기를 듣기는 했지만, 내가 처음으로 단상에 올라가 상 받는 모습을 보고 가진 않았으므로… 건너 들은 엄마의 방문 소식이 나는 조금 슬펐다. 아무런 일이 일어나지 않은 것처럼 천연덕스럽게 집에 가서, 닭죽을 먹었다. 엄마는 누워 있다가 나를 환대했고, 우리는 먹다 남은 닭죽을 쑤어다가 함께 먹었다. 이상하게 따뜻하고 고요한 오후였다.

그때의 기쁨과 슬픔이 서로 우정을 나누었다. 어떤 원망과 미움으로 둔갑했더라면, 나는 아마 지금쯤 이 글을 쓰고 있지 않을 것이다. 절반의 기쁨을 반절의 슬픔이 채워주었다. 서로 토닥이면서, 하나가 되어 있었다. 글을 쓴다는 건 그런 것이라고 일러주는 것처럼. 고등학생 때 백일장에 나가기 위해 처음 서울에 올라간 날이었다. 전신 화상을 입어 화상 전문 병원에 입원해 있던 아빠를 병문안하고, 곧장 백일장에 가야 했다. 가지 말걸, 가는 내내 생각했다. 그때 아빠는 중환자실에 있었고, 나는 병의 경중을 모른 채 조금 특별한 곳에 있는 아빠를 만났다. 아빠는 무슨 말을 할 수가 없어서 내 손바닥에 손가락으로 글씨를 적었다. 획순이 엉망이고 처음 해보는 대화였지만, 나는 계속 끄덕였다. 끄덕이기만 해도 괜찮은 말들일 거라고 생각했다. 잠깐 병문안을 마치고 백일장 장소인 여의도로 가는 길이었다. 드넓은 한강과 뾰족해 보이는 서울 사람들 사이에서, 나는 어색할 틈도 없이 계속 손바닥을 간질이는 글씨를 생각했다. 그게 무슨 말이 되어서 알아들을 수 있었더라면 더 좋았겠지만, 내 작은 손은 아무것도 읽지 못했다. 그런 답답함에 슬픔을 조금 느낄 무렵에 나는 흰 종이 앞에 서서 아빠에 대한 시를 썼다. 부끄럽지만 그날 나는 대상을 받았다.

나보다 더 어린 또래의 활약상을 눈여겨보면서, 내심 나의 재능은 무엇일까 고민하던 시간이 있었다. 그것은 불현듯 찾아왔고 은근히 스며들었다. 무언가가 찾아와 나를 흔들었고, 저 먼 병동에 잠들어 있던 것을 깨웠다. 누군가의 완강한 반대를 무릅쓰고 하고 싶은 것을 찾아가는, 멋진 사람들의 일화를 나는 알고 있다. 유대인 학살에 수많은 가족을 잃었던 훈데르트바서의 어머니가 훈데르트바서의 그림을 누구보다 지지했던 마음은, 아마도 기쁨과 슬픔의 총량이었을 것이다. 좋아하는 일이 슬픔에서도 시작할 수 있다는 것을 미처 알지 못했다. 슬픔에 작동하는 일이 기쁨을 헤매게 할 수도 있다는 것을. 어쩔 수 없이 그 기쁨과 슬픔의 사이좋은 시간 속에서 나는 쓴다.

손바닥에 알아볼 수 없는 글씨를 써서 이야기가 하고 싶었던 아빠의 마음 같은 것이, 나는 아직도 어렵고 두렵다. 그 말을 이해하지도 못한 채로, 손바닥 글씨를 써가며 말하고자 하는 아빠의 정성 같은 것을 애써 끄덕임으로 화답하고 싶어 했던 어린 나의 마음도. 그런 것은 이제 나와 아주 멀어졌지만, 결별하지 않은 채로 나를 쓰게 만든다. 쓰지 않으면 없었던 게 될 것 같아서, 쓴다.

아침 퇴고

　노동자의 날이라 모처럼 늦게 일어났다. 쉬는 날을 앞둔 저녁은 유난히 부산하고 다짐으로 가득 차는데, 아무것도 하지 못하고 잠들었다. 탁자 위에는 어젯밤에 먹으려고 산 빵과, 어제 썼던 시를 출력한 종이, 깎지 못하고 그대로 둔 뭉툭한 연필과 연필깎이가 놓여 있었다. 하루아침에 멀리 와버렸다는 생각이 들었다. 창문 모양으로 딱 떨어져 내리는 햇빛과 창밖의 적당한 소음, 나는 아주 오랜만에 자주 들었던 노래를 다시 들었다.

　대학교에서 전공 수업을 처음 듣던 날 교수님은 말했다. 퇴고는 삭제하는 일에 가깝습니다, 덧붙이거나 덧대는 일보다 지우고 덜어내는 일에 힘써보세요. 시를 쓰기 시작하면서 나는 쓰는 일보다 퇴고하는 일에 더 어려움을 겪었다. 그것은 이미 내게서 출력된 것을 온전하게 마주해야 하는 일이었고, 어젯밤 마음과 오늘 아침 마음의 다름을 인정하는 과정이 필요했기 때문이다. 눈에 잘 띄게 빨간 볼펜을 꺼내어 썼던 것에 가운데 줄을 긋고, 알량하게 알고 있는 교정부호를 사용해 퇴고하면, 더 나아지리라 믿었다. 세우는 일보다 무너뜨리는 일이 더 어렵다는 것을, 나는 시를 통해 배웠다.

런던과 홍콩에서 가장 인상 깊었던 것은 수리 중인 건물과 그것들의 규칙적인 소음이었다. 오래된 아름다운 건물을 최대한 보존하면서, 불편한 것들을 수리해가는 건물 사이사이의 거리를 지나면서 나는 고치는 일에 대해 골똘히 생각했다. 어젯밤을 길게 늘려가면서 겨우 쓴 것을, 다시 아침에 마주하기 위해 용기가 필요한 때도 있었다. 내 시를 객관적으로 볼 수 있을까요? 그런 질문을 많이 받아보았고, 그건 내가 아직도 여전하게 품고 있는 질문이라서 답을 시간에 미루기도 했다. 가끔 유에스비나 보낸메일함에서 내가 썼던 글을 우연찮게 발견하게 되면, 꼭 다른 사람이 쓴 것처럼 생경하다. 시간과 나 사이에 무엇이 달라졌는지 가늠하다 보면 시간과 서먹해지기 시작한다. 놓친 시간이 많아서 허전한 맨손이었다.

노동자의 날 아침을 퇴고로 시작했다. 얼마 후에 송고해야 하는 시 두 편을 나란하게 놓고, 연필을 깎았다. 뾰족한 흑심으로 지워나가기 시작했다. 쓰면서 어쩔 수 없이 생기는 조바심 같은 것, 읽는 입장으로 섣부르게 건너갔다가 더 들려주고 만 것을 골라야 했다. 그러다가 정작 정말 중요한 것을 지우기도 하겠지만, 그런 건 별로 중요하지 않았다. 방금 내게서 걸어나간 것을 시야에서 최대한 멀리 사라질 때까지 배웅하는 것, 그것이 내가 퇴고에 임하는 마음이기 때문이다.

일기를 오랫동안 써왔다. 일기에 집착하는 이유는, 일기 쓰기가 내가 어떤 하루를 보냈는가에 대한 기록으로서 시간에 대한 존중이자 예의를 표하는 일이기 때문이다. 그러지 않으면 시간을 허투루 보낸 것 같아 죄책감이 들기도 하고, 반성하지 않으면 부메랑처럼 돌아오는 문제에 대해 생각할 기회가 없었다. 나는 일기를 주로 다음 날 아침에 쓴다. 학교에서 배우기로 일기는 아무래도 하루 일과가 끝나고 자기 전에 쓰는 것이 맞지만, 어떤 시간의 마디를 온전히 건너지 않고 지나온 시간에 대해 이야기하는 것이 조금 두려웠다. 아마도, 시를 쓰면서 일기를 아침마다 쓰게 된 것인지도 모른다. 아침 출근길에서, 아니면 막 일어나자마자 어제의 일을 떠올리며 적는다. 꿈을 꾸지 않은 날이라도 어제의 불순물이 어디에선가 걸러졌으리라 믿으며, 남겨진 것들에 대해 쓴다. 남겨진 것들의 품을 열어서, 미약하게나마 오늘을 산다. 계속해서 남아 있는 것들이 많아 그것들을 두드리는 마음으로 쓴다.

그래서 나는 아침을 좋아하게 되었다. 이십 대 중반까지만 해도 내 삶에 아침은 없었다. 아침이 되기 직전에 잠들어 오후에 일어나는 일이 많았기 때문이다. 그것에 큰 후회는 없다. 내게로 잘 차려진 시간들 중에서도 나와 잘 어울리는 것이 있고, 그것은 기후처럼 때때로 변하는 것이니까. 요즘엔 아침에만 볼 수 있는 풍경에 사로잡혀 있다. 어제와의 실랑이를 끝마치고 다시 새로운 시간에 접속하게 되는 그 접합 부근에서 나는 과거와 미래 사이 가장 풍부한 현재가 된다. 아침은 내게 그런 것을 준다. 원래 그런 것을 주려고 했지만 나는 이제야 받게 되었다.

그러나 살다 보니 아침만큼 두렵고 끔찍한 시간도 없다. 이렇게 다시 하루가 시작되어버리는 것이 너무나도 무섭고, 이 반복을 그 누구도 끝낼 수 없다는 것이 막막한 아침도 있기 때문이다. 나는 시의 마지막 문장을 늘 의심한다. 마지막을 위해 쓴 문장은 문을 닫고 영영 열어주지 않기 때문이다. 계속 열려 있는 시, 문장들이 문을 여닫으며 환기하는 시, 그런 시가 살아 있는 시라고 믿는 나는 퇴고할 때마다 늘 마지막 문장을 지워서 보고는 한다. 그것을 어젯밤에도 생각하지 않은 것은 아니다. 어제는 채워서 이루고 싶은 게 있었고 오늘은 비우면서 이루고 싶은 게 있으니까. 어제는 허전해 보였을 것이다. 오늘은 마땅하다고 느끼는 것이다. 그렇게 시가 눈을 비비며 아침을 만난다. 탁자 위에 놓인 두 편의 시 위로, 거짓말처럼 햇빛이 기운다. 독백이 끝난 뒤 텅빈 의자를 비추는 핀 조명처럼.

겨울잠 주무시는 선생님께

고등학교 다닐 때부터 시를 썼었다.

시를 써서 좋은 일은, 지루하기만 했던 야간 자율 학습 세 시간을 훌쩍 보낼 수 있다는 점이었다. 롤러블레이드를 타고 다니며 교실 높은 창에 얼굴만 내밀고 감시하는 선생님들의 눈을 피해야 하는 수고가 필요했다. 연습장에 시를 썼다. 마치 수학 공식을 열거하는 자의 모습처럼 보였을까. 선생님들의 눈을 피해서 쓰게 된 시가 한 권, 두 권 쌓이기 시작했다. 아무도 모르지만 나만 아는 것이 늘어나기 시작했다. 긴 밤을 보내고 집에 돌아와 한글 창을 켠 채로 적은 시를 옮길 때면 나는 비로소 완전해졌다고 믿었다.

어떤 방법으로 시를 써야 하는지 몰라서 좋았다. 아무것도 모르고 천진하게 뛰어노는 아이가 된 기분이었다. 그러나 이 시가 제대로 된 시인지 의심이 들어 검사를 받고 싶었는데, 학교에는 그럴 만한 사람이 없었다. 시를 썼다고 해서 국어 선생님을 찾아가는 것이

픽 어색하고 이상한 일이었다. 그때 나는 본관과 떨어져 3학년만 쓰는 건물에 있었고, 수능을 앞두고 있었고, 잠정적 고립 속에서 시 쓰는 일은 문제집을 쌓아가는 친구들 사이에서 영 어색한 포즈였다. 나는 잘 인쇄된 시 몇 편을 들고 본관 1, 2학년 교무실을 찾아갔다. 3학년 선생님들은 입시에 혈안이 되어 있어 시를 살펴보지 않을 것이라고 생각했다. 생각나는 것은 문예부 담당 선생님이었다.

"이거 뭔데?"

"제가 시를 한번 써봤는데요."

말없이 내 시를 받아든 선생님은 오히려 난감해하는 표정이었다. 그때 뒷자리에 앉아 있던 한 선생님이 호기심을 가지고 내 쪽으로 다가와서는 시를 건네받았다.

"네가 쓴 거야?"

"네."

무슨 용기였는지 난생처음 보는 사람에게 시를 보여줬다. 그 선생님은 시를 읽고는 미소를 지으며, 매일 석식 후에 시를 가지고 오면 봐주겠다고 했다.

석식 후 나는 30분 남짓 남는 시간을 선생님 만나는 일에 썼다. 비밀 연애하는 사람처럼 구름다리를 건너 교무실에 찾아갔다. 입시 면담을 온 후배들 사이에서 어쩐지 뜬구름 잡고 있는 건 아닐까 초조하기도 했다. 하지만 시에 대한 이야기를 들을 수 있다는 게 좋았다. 그리고 도움이 되는 말을 들었다. 그때 내가 느낀 기쁨은 내 시를 써가는 일에 필요한 말을 들었다기보단, 내 세계를 누군가 열람하고 응원해준다는 기분이 선사하는 것이었는지도 모른다. 야간 자율 학습 시작을 알리는 종이 울리면, 부랴부랴 교실로 돌아갔는데 친구들은 일제히 내가 어디에 다녀왔는지 궁금해했다. 설명하기 귀찮아서 침묵했지만, 애써 내게만 생긴 것 같은 이 비밀을 즐기고 싶었다. 그러고 시를 썼다. 써도 된다는 대답을 들은 것 같아서, 썼다. 롤러블레이드를 탄 선생님들에게 머리를 쥐어 박히면서도 썼다. 무엇보다도 시간이 정말 잘 갔기 때문이다.

눈이 펑펑 쏟아지던 날이었다. 야간 자율 학습을 마치고 통학 버스 타러 가던 길에, 봉고차 한 대가 내 앞에 섰다. 내 시를 읽어주던 선생님이었다. 창문을 내리고는 내 시가 적힌 종이를 펄럭이며 내게 무슨 말을 했다. 정확히 기억나지 않지만, 내가 시에 쓴 어떤 단어 대신에 이런 단어를 써보는 게 어떻겠냐는 말이었고, 나는 차 엔진 소리와 교문 밖으로 쏟아져 나오는 아이들의 목소리 때문에 알아듣진 못했으나 씩씩하고 큰 목소리로 대답하고는 버스에 올라타 생각했다.

내게는 고마운 일이지만, 이게 차를 멈춰 세워야 할 만큼 중요한 일인가?

그 선생님과 나는 같은 해에 등단을 하게 되었다. 그 당시 선생님께 당선 소식을 알려드리기 위해 전화를 걸었고, 별말은 없었지만 내 스스로 성숙한 대화라고 생각한 통화를 했던 것 같다. 그리고 몇 년 뒤, 선생님이 갑자기 돌아가셨고 나는 그 후로 혼자서 선생님을 자주 추억했다. 이상하게도 눈이 내리는 날이면 선생님 생각이 난다. 오늘은 눈이 많이 내렸고, 눈발에 갇혀서는 선생님 생각을 하지 않을 수 없었다.

이게 그렇게까지 생각날 일인가?

어떤 기억은 가까스로 불러내고 싶다. 불완전한 현재를 잠시 팽창하기에 좋기 때문이다. 그러면 지금을 지금이 아니라고 잠시 착각하게 된다. 기억을 저 멀리 흘려보내고, 현실로 다시 돌아오면 춥고 차가운 도시 안에 있게 된다. 삶의 리듬에 메타포가 생기지 않으면 좋겠다고 종종 생각한다. 그것은 불러올 수 있는 기억이 더 많아진다는 뜻이며, 애써 불러온 기억들은 아물지 못하고 욱신거리기만 할 뿐이라는 것을 알게 되었다. 그냥 정처 없이, 내가 점거하는 일로 구성된 시간이, 아무것도 말하지 않고 소리 없이 내리는 눈처럼, 눈 녹듯 자연스레 사라지면 좋겠다고.

구름다리를 건너 만난 선생님의 온기와는 다르게 다시 고3들만 모여 있는 고립된 섬에 돌아오면 나는 종종 핍박을 받았다. 담임 선생님은 내가 시를 쓰는 것을 아주 싫어했다. 공부와 성적으로 점철된 사랑과 신뢰를 가진 차가운 사람이었다. 나는 자주 무시를 당했지만, 그때 나는 눈에 뵈는 것이 별로 없어 대수롭지 않게 생각했다. 방학 때마다 들어야 했던 보충수업을 듣지 않기 위해, 예체능을 준비하는 친구들 사이에서 사유서 같은 것을 작성해야 했다. "시를 쓰기 위해서"라고 적어 냈을 때 선생님은 나를 포기한듯 알겠다고 말해주었다. 나는 원하는 대답을 들었지만 착잡한 기분이었다.

방학 때 쓴 시를 묶어 제본을 했다. 내심 나를 포기한 선생님에게 이것을 보여주고 싶었다. 무슨 용기였을까. 교무실에 찾아가 선생님께 책을 건넸다. 이런 것을 썼고, 이런 것이 하고 싶다고. 선생님이 그 책의 쨍하고 반짝이는 모서리를 들어 내 머리를 쥐어박을 줄 알았는데, 허겁지겁 지갑에서 오만 원을 냉큼 꺼내주었다. 이렇게 하나밖에 없는 책은 귀하다고, 이 정도는 받아야 한다면서. 나는 큰일이 났구나 싶었다. 그 돈으로 매점에서 친구들과 피자빵을 실컷 먹었다. 그날도 눈이 내렸고 나는 구름다리에서 눈 내리는 광경을 말없이 보는 것을 좋아했다.

하루에도 수십 번 선생님 소리를 하게 되었다. 어려운 사람이나 연배 많은 작가를 부르는 이름으로, 회사에서 응대해야 하는 사람들을 부르는 이름으로 모두 선생님이라 부른다. 선생님이라 부르지만,

눈을 실컷 맞으며 출근하던 길에, '나는 선생님이라고 부를 수 있는 사람이 몇 명이나 있을까? 있기는 한 걸까?'라고 생각했다. 눈이 많이 내리던 날이었고, 입김이 나왔는데 내 입김보다 내리는 눈이 더 하얗게 보였다.

아직 지붕은 만들고 있거든요

훈데르트바서의 건물을 보면 유독 양파 모양의 지붕이 많다. 지붕이 뾰족하기만 하다고 생각하는 이들에게 주는 부드러운 곡선의 얼굴이었을까. 집을 짓는 마지막 단계에서 쉼표를 찍어주고 싶었던 것일까. 나는 그의 지붕을 보면서 내가 그동안 생각해왔던 많은 관념을 다시금 떠올렸다. 그리고 삶에서 자주 마주하게 되는 마지막에 대해서도. 뾰족하고 단정한 끝 맺음이 아니라 계속 열릴 수 있는 가능성의 끝에서, 그는 쉼표 같은 지붕을 남겼다.

시를 쓰다 보면 종종 마지막을 어떻게 끝내야 할지 모르겠어서 헤매는 경우가 있다. 내가 생각하는 좋은 마지막은, 영원히 끝나지 않는 것이다. 흰 종이 위의 검은 언어가 전하는 것은 마지막이겠으나 그 의미로 계속 숨 쉬고 있다는 인상을 주는 마지막, 문을 닫으면 다시 문이 열리는 세계가 그려지는 마지막을 언제나 꿈꿔왔다. 학교 다닐 때 교수님은, 내 시를 읽고 마지막을 위해 쓴 마지막 같다는 말을 해주었다. 그 말이 처음엔 이해가 가지 않았는데, 오히려 시에서는 그 럴듯한 마무리가 시를 영영 열 수 없게 닫아버리는 역할을 했던 것이 다. 마지막 연을 지우고 다시 읽어 봐, 그 말에 어렵게 쓴 세 줄짜리 마지막 연을 지우고는 다시 읽었다. 시가 살아 있다는 생각이 들었다. 익사체로 떠올라 마지막 숨을 기다리는 입술처럼, 계속 호흡하는 것 이었다.

지붕은 완성되지 않는다. 사는 동안 계속 수리가 필요하고 돌봐 줘야 한다. 때로는 밤하늘의 드넓은 품을 들여다볼 수 있게 나를 목 마 태우기도 하고, 때로는 영영 하늘을 볼 수 없게 가로막는 손차양 이 되기도 한다. 지붕을 완성하는 순간, 나는 지붕 밖을 볼 수 없게 된다.

시를 쓰는 선배들은 대체로 시집을 내고 난 뒤 한 번도 들여다 보지 않는다고 말했다. 처음에는 어떤 겸손에 어울리는 거짓말이거 나 엄살이라고 생각했다. 하지만 실제로 내 시집이나 산문집이 나온 뒤로, 자세히 본 적이 없다. 읽으려고 몇 번 시도했는데 오래 들춰볼 수가 없었다. 이상한 마음이었다. 한 권을 엮기 위해 몇 년을 보내고 는 하는데, 고작 결과물 앞에서는 아무것도 해볼 수가 없다는 것이. 하물며 시도 끝에 읽게 된 몇 쪽이 부끄러움을 남기고, 그 부끄러움 이 후회로 번지기도 한다. 이 시는 뒤에 있는 게 더 좋았겠어, 제목이 너무 단순해, 지금과는 너무 다른 생각이라 지우고 싶은 문장이야.

더 이상 수정할 수 없는 문장을 마주한다는 것에 자신이 없는 일은 당연한 것일까. 그때의 최선이 왜 지금은 최고가 되지 않는 걸까. 시간이 보태어질수록 최선은 꽁무니를 숨기려고만 할까.

문학을 하면서 좋은 건 두 가지가 있다. 무엇이든 정답이 없다는 것과 끝내 완성되지 않는다는 믿음으로 계속된다는 것이다. 그 무한한 속성에 사로잡혀 나의 유한한 시간을 쏟는 것이 어리석은 일이라고 생각될 때도 있지만, 익숙한 일에 금방 질려 하는 내게도 아직까지 시가 붙들려 있고 시를 생각하는 게 재미있으니 두 가지의 이유가 당분간은 계속 유효하지 않을까 싶다. 한순간에 나를 단정한 건물처럼 정의 내릴 수 있는 지붕을 갖는 일은 기쁘고도 슬플 것이다. 그러나 지붕 없는 집으로 산다는 것에는 비가 오는 대로 젖고 눈이 내리는 대로 쌓이는 걸 그대로 느껴야 하는 각오가 필요할지도 모른다.

오스트리아에 있는 산타바바라 성당도 그의 대표적인 작업으로 손꼽힌다. 양파 모양의 황금 돔을 올려 종탑을 개조한 그곳은 모든 종교의 화합을 상징하는 곳으로 잘 알려져 있다. 하늘과 지상의 믿음이 열리는 그 공간에 어울리는 지붕이다. 그곳의 은은한 종소리를 상상하며, 쉼표로 내려앉은 그의 지붕을 본다. 마침표가 아니라 쉼표라는 것, 어떤 글을 끝마치려고 할 때마다 나는 그의 지붕을 생각한다.

소용돌이 속에서

　우리는 그곳을 공중정원이라고 부르곤 했다. 나는 고시원 생활을 청산하기 몇 달을 앞두고, 그 고시원에서 가장 비싼 옥탑방에서 살고 있었다. 일종의 보상 심리와 비슷한 맥락이었다. 방은 살던 방보다 훨씬 컸고, 실제로 방값도 두 배나 더 비쌌다. 무엇보다 가장 좋은 것은 옥상을 통째로 쓸 수 있는 것이었는데, 옥상에는 우레탄이 깔려 있어 뛰어놀기 좋았고, 작은 정자가 있어 낮잠 자기에 용이했으며, 빨래를 바짝 말리기에도 최적의 장소였다. 그곳에 오던 손님은 딱 한 친구로 정해져 있었다. 그 친구와 나는 이곳을 공중정원이라고 불렀다. 정말 공중에 떠 있는 것만 같은 그런 기분과 시절을 함께 통과하고 있음을 실감하는 이름이었던 것인지도 모른다.

　친구는 종종 내가 사는 곳으로 와주었다. 그의 가방은 매일같이 무거웠는데, 거기에서 병에 담긴 커피를 인사처럼 건네주곤 했다. 우리는 입이 마를 때까지 시에 대해서 떠들었다. 문예지를 들춰보면서,

요즘 쓰는 시에 대해서, 그리고 쓴 시를 서로 교환해 읽고 이런저런 이야기를 하다 보면 시계는 우리를 관여하지 않고 재빠르게 달려나갔다. 그때는 그것밖에 할 줄 아는 게 없었다. 그리고 그것밖에 생각하지 않아도 될 만큼 재미있었다. 우리의 공중정원은 남가좌동에서 가장 높았던 것만 같다.

내가 '그때'라고 한정 짓는 그 시절은, 다시 돌아올 수 없을 것 같기 때문에 철저히 과거형으로 두게 된다. 시에 미쳐 있던 시간. 시가 너무 좋아서 시밖에 몰랐던 시간이었다. 비가 오거나 눈이 오면 그 이유로 학교에 가지 않고, 밤새워 쓴 시를 고치고 고쳐 고지서처럼 쌓아두고는 친구에게 읽어보라고 건네는 그 시간이 무례하고도 좋았다. 밤낮으로 아무것도 신경 쓰지 않고 지금 맺혀 있는 물방울을 닮은 언어에 집중하는 시간이었다. 어쩌면 불안을 애써 감춰놓기 위해서 혼자서 바빴는지도 모르지만, 누가 시키지 않아도 할 수 있는 일이 있었고, 풍선처럼 부풀어가는 기쁨도 있었다.

나는 그곳의 시간을 소용돌이라고 종종 생각한다. 소용돌이 속에서 함께 휘몰아쳤던 그 시간을, 나는 굳이 왜곡하지 않더라도 충분히 특별하다고 생각한다. 공중정원에는 이렇다 할 비밀은 없었지만, 은밀하게 자기 언어를 꺼내고 숨기는 연습을 하는 서툰 두 사람이 있었고, 그 두 사람은 각자에게 찾아온 시간 속에서 자신의 언어를 고르며 시를 쓰는 사람이 되었다. 이제는 그 시간을 추억하는 일만 남았을 만큼 긴 시간을 달려 오늘에 도착했지만, 그 소용돌이 속에 빠져들지 않았더라면, 우리는 오늘 각자 서로 먼 곳에 불시착해 있을지도 모르는 일이었다.

소용돌이는 때론 위험하지만 자유자재 그 자체의 춤이다. 훈데르트바서의 작품에서 줄곧 직선을 구부리며 등장하는 모든 소용돌이는 자유로움을 상징한다. 독일 다름슈타트에 있는 '숲의 소용돌이'는 105세대가 사는 아파트인데, 훈데르트바서의 독창성이 가장 돋보이는 건물로 손꼽힌다. 1천여 개가 넘는 창문과, 소용돌이를 그리는 건물 모양은 우리가 함께 있었던 작은 고시원 옥탑 공중정원을 떠올리게 한다. 어쩌면 자유로움은 위험을 무릅써야 하는 일이기 때문에, 내가 가장 자유로웠던 날이 가장 위험했던 날이었다는 생각이 든다. 그때 시에 미치지 않았더라면 더 재미있는 걸 하며 살고 있진 않을까, 다양하게 흩어질 수 있는 눈동자를 오히려 시에 가둔 것은 아닐까, 이제 와 우려가 되기도 한다. 그때 우리는 서로에 대한 이야기를 떠들면서, 혼자 갇혀 있는 것이 아니었음을 실감했다. 한 공간에서 시에 대해 같이 말하지만 품고 있는 서로의 시는 제각기 다른 모양으로 휘몰아칠 준비를 하고 있었다는 것이, 서로 어느 것 하나 같지 않은 창문으로 서로를 들여다보았다는 것이 그랬다. 수강생들과 수업을 할 때에도, 훈데르트바서가 건물에 그려넣은 창문들을 생각한다. 모두가 창문이지만, 같은 것 하나 없는 얼굴로 서로를 들여다보는 가깝고도 먼 간격을 기억하면서 가까스로 시라는 건축에서 숨 쉰다는 게, 머릿속으로 그릴 때마다 복잡하지만 이상하게 좋은 기분에 휩싸

인다. 숨이 턱 막히는 강의실에서도, 이들과 바람 좋은 곳에서 시를 이야기하면 더 좋겠다고 생각한다. 어쩌면 우리는 시를 쓰는 동안에는 모두 이웃이어서, 서로를 궁금해하며 살아갈 것이다.

　　친구가 얼마 전, 〈공중정원〉이라는 제목의 시를 발표했다. 시의 내용은 우리의 이야기가 아니었지만, 얼마 뒤 우리가 부르던 그 공중정원이 모티브가 되었다고 이야기해주었을 때 나는 기뻤다. 나도 여행 산문집에 그 이야기를 적은 적 있었지만 여기에 다시 한번 적는 것이다. 그 소용돌이가 여기까지 왔다는 사실을 알려주고 싶기 때문이다. 그리고 그런 사실만으로도 위안이 될 때가 있다. 그 시간이 아직도 살아 있다는 것을 말하고 싶었다. 그 소용돌이가 혼돈의 얼굴을 한 것이 아니라, 우리를 아무것도 얽매지 않고 있는 그대로를 감춰준 특별한 시간이었다는 것을 깨달았으므로. 그런 소용돌이를 다시 만날 수 있다면, 나는 얼마든지 돈도 지불할 수 있고, 당장 다니던 회사도 그만둘 수 있을 것 같지만, 다시 그 소용돌이를 찾아갈 수는 없을 듯하다. 그 소용돌이는 이제 심연 깊은 곳에 잠들어 있기 때문이다.

잘 읽고 있어요

좋아하는 가수 이랑의 새 뮤직비디오를 보았다. 제목은 〈잘 듣고 있어요〉. 그런 인사를 많이 들었던 사람은 노래 가사를 통해

누구는 목숨을 찾고 누구는 사랑을 좇는 거겠죠 잘 알고 있어요 듣고 있어요 기억하고 외우고도 있죠 의미가 있는 이야기는 듣고 또 들려주고 싶어요 잘 듣고 있어요 듣고 있어요 잘 듣고 있어요

라고 말한다. 이 노래를 듣고 조금 슬퍼졌던 것은 내게도 누군가가 '잘 읽고 있어요'나 '잘 읽었어요'와 같은 인사를 자주 남겨주었기 때문이다. 처음에는 그 말들에 사로잡혀서, 나는 정말 계속 써도 될까, 그런 질문에 대신 대답을 빌려 해보기도 했고, 또 누군가는 그냥 인사치레였을 뿐인데 괜히 나 혼자 텅빈 안부를 끌어안고 착각하는 건 아닐까 쓸쓸해질 때도 있었다. '의미가 있는 이야기', 그 의미들

은 다 어디로 흩어졌다가 나는 또 어떤 의미가 되어 잠깐 모이게 될까. 어쨌거나 '잘 읽고 있어요'라는 인사는 내가 누군가에게 자주 하는 말이기도 했다.

언젠가 예술을 하는 이유나, 예술에 대한 목적 같은 것을 대답해야 할 때가 있었는데, 조금 더 어렸을 때에는 곧잘 대답하고는 했다. 정말로 그대로 되었으면 하는 마음에서였다. 예술을 하는 자의식이 비대했으므로, 뵈는 게 그것뿐이었던 그 시절에는, 설사 내가 그 대답처럼 예술을 하지 않더라도 괜찮으리라고 마음먹었다. 그리고 그 질문을 다시 지금 내 앞에 가져온다면, 나는 그 질문이 지나치게 섣부르다고 느낀다. 한 예술가가 예술에 대한 정의를 내리는 일은 자기 작품을 걸 벽에 못질을 하는 것과도 같다고 생각한다. 그러니까 내가 가진 캔버스에 무엇이든 채우고 난 뒤, 그것을 마지막으로 걸어야 할 때 못질을 하고 싶은 마음이다. 잘 도망치기 위한 핑계가 될 수 있겠지만 말이다.

책꽂이에서 전시회에서 샀던 훈데르트바서 도록을 종종 꺼내어 보곤 한다. 그러니까 처음부터 끝까지 모두 그가 그렸는지 알 수 없는 미심쩍은 것 하나 없이, 일관되게 자신의 방식을 고수하고 있는 그가 신기하고 이상해 보인다. 색깔을 쓰는 방식도, 회화에 드러나는 표현 방식도 모두 제멋대로 같지만 자신이 하고 싶은 것을 멈추지 않은 사람, 뿐만 아니라 자신의 예술에서 자연에 환원하고 싶은 것을 분명히 알았던 사람이며, 그것이 함께 살아가는 사람들에게 영향을 끼칠 수 있다는 사실도 잘 아는 사람이었다. 무엇보다 가장 중요한 것은 그의 삶과 예술의 나침반은 언제나 같은 방향을 향해 있었다는 것이다. 예술 따로 삶 따로 살았던 것이 아니라, 작품 그 자체가 온전히 그 사람의 피부였다는 점은 감명 깊은 대목이다.

잘 읽고 있다는 그런 인사로부터 자기 확신을 갱신하며 나아가는 것인지도 모른다. 썼는데, 읽어주는 사람이 없다는 것은 아무래도 쓸쓸한 일이기 때문이다. 그러나 내가 예술로 무엇을 하고 싶어 하는지를 되물어보면 나는 아직 자신 있게 대답할 수 없다. 호기롭게 대답하던 그 시절과 다르게 나는 저녁 찬거리를 사러 가는 마트에서도, 이발을 하기 위해 들른 미용실에서도, 배차 시간이 길어 허겁지겁 오른 버스에서의 삶도 중요해졌기 때문이다. 얼마 전 인터뷰 요청을 받아 이메일로 질문지를 미리 받아 보았는데, 거기에는 이런 질문이 있었다. 나의 작품은 마치, 삶이 시와 같을 순 없을 것만 같지만, 시가 삶에 끼어든 자체가 느껴진다고. 맞는 말인 것 같다. 시가 삶에 끼어들기 시작하면서 내 삶도 시를 모사하기 시작했고, 생활의 반경과 시의 반경이 맞닿는 지점에서 긴장하고 위축된 근육처럼 경련하듯이 살고 있는 것은 아닌가 되돌아보게 되었다. 그러나 더 많은 삶을 살아내고, 그렇게 돌아보면 삶 자체가 시처럼 보일 수도 있고, 삶 자체

가 쓰다만 시처럼, 삶 자체가 시 한 편처럼 보일 수도 있을지 모르겠
다. 적어도 벽에 못을 박을 땐 나의 견고함이, 누군가가 잘 읽고 있다
는 그 인사말에 여기까지 온 한 사람의 단단함이 맺혀 있기를 바라
는 것뿐이다. 이것도 지나치게 큰 욕심일까 싶지만 생활 자체에서 예
술적 기원이 감돌았던 훈데르트바서의 사진을 보고 있으면 아예 불
가능한 것은 아니란 생각이 들었다. 희망은 그렇게 날 선 종이처럼
온다. 나는 그의 도록을 조심조심 넘기면서 행간을 건너곤 했다.

책 속에서 헤어진 사람들

책 한 권이 일구는 작고 깊은 생태계를 생각한다. 책을 만드는 일에 필요한 서로가 서로에게 잘 물들었을 땐 분명 좋은 책이 된다. 눈으로 맑은 숨을 들이쉰다는 감각은 책 속의 아름다운 조화가 주는 선물이다. 책은 완성되고도 계속 숨 쉬는 것 같다. 활자들이 의미를 간직하고선 계속 욱신거리고, 누군가의 기억으로 거처를 옮겨가서도 계속 살아간다.

첫 시집을 내고 시간이 꽤 흘렀다. 그래서 나는 첫 시집과 영 어색해졌다. 그것만을 붙들고, 그것에 대해서만 말하게 되었던 시간을 지나와서 일종의 각자의 시간을 가져보자고 암묵적인 약속을 한 것과 다르지 않다. 그래서 시간이 지난 후에 첫 시집에 대해서 이야기를 해야 하거나, 그 시집에 녹아든 정서로 무언가를 써야 할 때면 망설여졌다. 지금은 할 수 없는 것이 되어가고 있기 때문이었다. 어느 날 한 출판사의 편집자에게 메일 한 통이 와 있었다. 이런 책을 준비하고 있는데, 원고를 부탁한다는 청탁이었다. 그 말미에 세심하게 적힌 내용이 나를 매만졌다. 첫 시집에 수록된 시 한 편을 골라 40매 정도의 원고를 써야만 했다. 편집자는 자신이 왜 나에게 청탁을 하고 있는지에 대해 곡진히 설명하기 시작했다. 책을 위한 순수한 마음이 내게로 이전되는 것만 같았다. '우리 같이 해보지 않을래요?'라고 들리는 이상한 든든함에, 마음이 동요했다. 문예지라는 열악하고 바쁜 생태계에서 호출될 땐 이름만 들어본 필자에게 청탁하는 것은 아닐까 느껴질 때가 종종 있었는데, 이토록 논리정연하게 자신의 동의를 먼저 구한 뒤에 청탁하는 방식은 정말 달랐다. 나의 시에서 어떤 것들을 읽어냈는지에 대한 이야기, 그것을 빌미로 내가 어떤 글을 쓸 수 있을지 말해주는 메일을 받고서 나는 알 수 없는 감동을 느꼈다. 첫 시집에 대해 더는 떠들고 싶지 않아 굳게 닫힌 문이 삐거덕거리는 소리를 내며 열리는 순간이었다. 나도 모르게 제가 한번 써보겠습니다, 라고 답장을 적고 있었다.

　나에게도 저자가 있다. 회사에서 나 역시도 출판사 편집자이기 때문이다. 처음에는 내가 만들고 싶은 책에, 내가 좋아하는 작가를 꾸려야겠다는 단순한 생각만으로 이 일을 시작했다. 기획을 전달하고, 작가가 그것을 수락하여 다시 원고를 받을 때까지는 몇 계절이 흘러야만 했다. 그러면 초심 잃기는 당연한 것이며, 무성하게만 우거진 숲을 차곡차곡 밟으며 헤쳐나갈 시간이 필요하다. 편집자는 편집자의 몫으로, 작가는 작가의 몫으로, 디자이너는 또 디자이너의 몫으로, 마케터는 마케터의 몫으로 제몫을 다하여 만들어진 한 권의 책이, 책 스스로 제몫을 다하기 바라며 물류창고로 향하는 트럭에 실려가거나 택배 상자에 담겨 어디론가 떠날 때야 비로소 완성되었다고 실감한다. 물론 중간에 여러 사정으로 엎어져 중단되거나 취소되는 책도 많다. 출판사를 떠도는 원고도 종종 있으며, 그 원고가 다른 출판사에서 출간되었을 때에는 어쩐지 온갖 마음이 다 들기도 한다. 탄생하는 책의 고단함을 눈앞에서 고스란히 지켜보고, 손수 그 고행을 경험해보니 어느 날에는 책 한 권이 너무나 소중해 어쩔 줄을 몰랐고, 또 어느 날엔 책이란 책은 거들떠보기도 싫었던 날이 있었다.

　그중에서 편집자는 여러 뿌리에서 제각기 자라나는 것의 몫을 기다려주는 사람이다. 그리고 그것들을 한데 잘 어울릴 수 있도록 만들어주는 사람이기도 하다. 작가가 아닌 편집자에 따라서 책의 분위기나 느낌이 전혀 달라지는 것 또한 편집자가 이 생태계를 총괄하고 있는 사람이기 때문이다. 숲에서 새의 모습을 떠올리게 된다. 하루는 편집자에게 원고를 보내는 사람으로서, 또 하루는 저자의 원고를 목 빠지게 기다리는 편집자로서 책을 이해했다. 앞면과 뒷면, 위에서 아래, 혹은 높이와 깊이를. 머무는 곳 없이 숲을 떠도는 새의 비행을 생각한다.

　곡진한 메일을 보내온 편집자에게 감사의 마음을 담아 답장을 보냈고, 제때에 맞춰 원고도 송고했다. 원고료도 예정된 날짜에 들어왔고, 책이 나올 때를 기다리다가 시간이 적지 않게 흘러 또 어느 새 그 책을 잠깐 잊게 되었다. 그리고 얼마 전 책이 나오기까지 필요한 여러 과정을 주고받으면서 한편으로는 귀찮아서 생략할 수도 있는 일까지 성심성의껏 살피고 점검하는 편집자의 마음에 대해 생각하지 않을 수 없었다. 그런 편집자에게 나의 원고가 가 있다는 것은 내심 안심이 되었다. 기꺼이 동참하게 된 이 생태계를 기쁜 마음으로 숨 쉴 수 있었다. 우리는 원고 말미에 언제나 건강을 잘 챙기라는 둥, 미세먼지를 조심하라는 둥, 서로의 건강을 우선적으로 챙겼다. 빈 말일 수도 있겠지만 적어도 한 생태계를 이루고 있는 동안에 우리는 우리를 꼭 지켜야만 했을 것이다.

편집자를 그저 출판사 직원 정도로만 생각했다가, 막상 책을 직접 출간하게 되면서 편집자의 연필로 적인 글씨와 밑줄, 수정 사항이 빼곡하게 적힌 메일 같은 것을 보게 되면서 나는 한 발 물러서게 되었다. 책에 대한 마음이 어떻게 출발하고 당도할 수 있는지를, 나는 편집자들을 통해 배울 수 있었다. 책이라는 물성보다, 책이 될 말들이 잘 스며들 수 있게 돕는 편집자, 그리고 마감 때 맞춰 글을 보내주는 일만이 아니라, 태어날 책에 있어서 쓰는 내가 어떤 역할인지 설명해준 편집자… 그 고마움 속에서 생각해보는 것이다. 나는 누군가에게 어떤 편집자였을까. 책꽂이에 정렬된 단정한 생태계를 생각한다. 어디서 어떻게 떠밀려와 이토록 근사한 생태계를 이루고 있는지. 홀로 써 내려가는 고독한 시간이 무색하게, 책 안에서 우리는 어떻게 '우리'가 될 수 있는지를.

보풀 떼고 입는 옷

예전이 그립다고 상정하는 것 속에는 그때만의 '무모함'이 담겨 있기도 하다. 얼마 전의 대화에서 그런 이야기를 시추하는 것이 어렵지 않았는데, 이를테면 예술가적 기질을 드러내는 작품이나 작가의 면모를 살피면서 나도 모르게 그것에 영향받거나 따라 하게 되는 부근이 있다는 것이다. 과거에는, 그런 영향력에 대해 아무런 감시도 검열도 하지 않으면서 제멋대로 해보았던 것 같다. 쉽게 영향 받으면서, 흔들리기를 자처하며 온몸으로 시간에 동요했던 그 시간을 뒤돌아보게 된다. 지금은 무모해지기엔 생각할 것이 너무나 많이 우거져 있으므로.

비엔나에서 훈데르트바서의 포스터 중 유독 마음에 드는 것이 하나 있었는데 〈생존 혹은 자살Survival or Suicide〉(1990)이었다. 극단적인 단어로 이루어진 이 포스터는 1990년 4월 파리에서 열린 '지구의 날' 행사에 게시된 작품이기도 하다. 자연과 함께 생존할 것이냐, 다 같이 죽을 것이냐의 극단적인 제목과 의미를 곱씹다가 이렇게 자극적이지 않으면 아무도 거들떠보지 않는 우리의 밋밋한 삶의 민낯과 소음으로 가득한 세계를 살펴보게 되었다. 어떤 목소리나 외침이 무모할 정도로 커지게 된다는 것은 그만큼 절박하다는 뜻이기도 하다.

조금 더 젊었을 땐, 아무도 내 이야기를 들어주지 않는 것 같아서 열심히 시나 산문 따위를 썼다. 그것만으로도 해소가 되는 것이 있었는데, 또 누군가가 그것을 읽어주었으면 해서 친구를 사귀고, 시를 보여주고, 시에 대한 이야기를 들으면서 나의 예술가적 욕망을 예술가적 존재감으로 확인했다. 그것이 조금 위안이 되기도 했다. 메일함에 담겨 있는 아주 오래된 작품들을 꺼내어보면, 코뿔소가 종이 위를 전진하듯 쓴 글이 가득했다. 그것을 또 부끄럽게 여기지 않고 누구에게나 머리를 들이밀었다는 사실이 아찔하지만, 어쩌면 그때만의 무모함은 견고해 보였고, 지금은 내가 쉽게 이룰 수 없는 것이란 생각이 들었다. 돌이켰을 때만 느껴지는 시간의 단단함은 미래에 없는 감각이다.

그래서 얼마 전 나눈 대화에서도 한 사람은 '지난날로 돌아가고 싶지는 않지만, 그때가 그립다'라는 족쇄에 찬 문장을 내뱉기도 했다.

그때 무언가에 푹 젖어 아무것도 따지지 않고 길어 올렸던 많은 말과 장면이 지금은 힘에 부치고, 더 깊숙한 어둠 속으로 손을 뻗어야만 한다는 것이었는데, 어쩌면 그 말이 내게도 적확하게 다가왔다. 쓰면 쓸수록 쓰는 일이 어려워진다는 이 이상한 사실에 대해서 나는 아무것도 확인한 바가 없고, 확인할 수도 없다. 그 불확실함 속에서 유일하게 확신할 수 있는 것은 그럼에도 쓰고 싶다는 것이다.

어릴 때의 자극적인 취향과, 극단적인 것을 함부로 좋아했던 나를 다시금 떠올려본다. 그것만이 예술 같았고, 예술을 빙자한 새 옷을 입어보는 일과 다르지 않았다. 거울 앞에서 내 모습에 도취되기도 하고, 이 세계에 마치 나 하나뿐이란 생각으로 살았다. 그렇기 때문에 누가 뭐라고 하는 것에 상관하지 않고, 타인의 시선에 안주하지 않으면서 읽었고 썼고 그렸고 말했다. 그 불안정한 꼿꼿함으로 여기까지 왔다면, 이제는 더 이상 높게 세울 수 없는 그 꼿꼿함을 정비하고, 수리하고, 개조하느라 시간을 허비하는 것 같다. 위로 올려다보는 일보다 밑을 자꾸 내려다보게 된 것이다.

그 사람들을 만나고 돌아와 집에서 코트를 벗으며, 아주 오래된 코트 한 벌을 우연히 보았다. 대학생 때 샀던 10년도 더 된 옷이었는데, 여기저기 보풀이 일어나 있었다. 보풀을 조금씩 떼어내면서 생각했다. 아직 입을 만하다고 생각했던 시간들이 이 옷을 10년도 더 지키게 했다는 것을. 올겨울엔 한 번도 입지 않았는데도 보풀은 여전히 많았고, 엉덩이를 감싸는 자락에도, 코트를 입었을 때 손이 닿지 않는 자리에도 보풀이 많았다. 내가 잠시 무모했던 그 거칠고 혈안 된 세계에서 달라붙어 온 보풀을 이제야 하나씩 천천히 떼어내는 것이다. 또 언제 금방 생길지도 모르는 일이지만, 떼어내다 보면 가끔은 아주 잠깐 입을 만한 옷이 된다. 우리가 끝내 돌아가고 싶지 않지만 그리워하는 그곳에서 새로 지어 입었던 무모한 외투가, 내일은 한 번쯤 입어봐도 좋을 외투로 걸려 있다는 게 나쁘지만은 않았다. 잘 차려 입기 위한 옷이 아니라, 내게 잘 어울리는 옷이었기 때문이다.

아몬드 모양의 눈

시를 쓰면서 만나게 된 친구들이 있다.

내가 막 등단했을 땐 또래의 시인이 별로 없었다. 그래서 조금 외로웠지만 그 외로움은 나의 좋은 말동무가 되었다. 시간이 흐르면서 나와 엇비슷한 또래의 시인이 많이 생겼는데, 등단 연도를 따지기 시작하며 선후배 관계로 구분 지으니 나는 막상 다가가기 어려운, 어리지만 연차가 오래된 선배가 되어 있었다. 막상 또래가 많이 생기는 것도 시시할 무렵이었다. 그럴 때마다 아주 사소한 예감으로 친구가 된 시인이 몇 있다. 나는 내가 가질 수 있는 많은 행운을 거기에 쏟았다고 생각한다.

훈데르트바서에게도 좋은 친구가 몇 있었다. 특히 그가 스무 살이던 1949년, 이탈리아 여행 도중에 만나게 된 프랑스 출신 화가 르네 브로가 그중 한 명이다. 훈데르트바서는 그의 영향을 받아 프랑스 파리로 거주지를 옮기기도 한다. 그는 살아생전 르네 브로에 대해

"나에게 아름다움으로 향하는 문을 열어준 사람"이라고 표현할 정도였으니, 서로가 각별했던 것이다.

르네 브로는 자신의 아내 미셸린의 눈을 특징적으로 그리곤 했는데, 그것은 다름 아닌 아몬드 모양의 눈이었다. 그리고 그는 우정의 의미로 훈데르트바서에게 그것을 그의 작품에 그릴 수 있도록 허락한다. 작품 속에 깃든 특별함을 함께 나누려는 의도 아니었을까. 훈데르트바서 역시 르네 브로에게 자신의 작품에서 빈번히 등장하는 "영혼 나무들"을 그릴 수 있도록 허락한다. 이 두 요소는 실제로 두 사람의 작품에서 가장 특징적으로 손꼽히는 요소이며, 서로가 허락하여 빌려 썼다는 점이 인상적이다. 이에 힘입어 두 사람은 1950년 프랑스 생망드에서 공동으로 벽화를 그리는 작업까지 이어나간다.

이 이야기를 책에서 읽고 난 뒤, 그의 작품을 볼 때마다 맨 먼저 아몬드 모양의 눈에 눈길이 갔다. 길게 찢어지되 가운데는 동그랗게 솟아 있는 눈, 훈데르트바서가 그리는 사람은 거의 대부분 이 눈을 가지고 있다. 나는 이것이 그가 르네 브로에 대해 말했던 "아름다움으로 향하는 (열린) 문"처럼 느껴지기도 했다.

동료에게 그런 예술적 영감을 얻고, 또 줄 수 있다는 것은 아름답고 낭만적인 일화 같다. 하지만 실제로 나는 나의 아름다운 동료들과 아픈 것을 더 자주 나누려고 한다. 그래서 때론 미안하기도 하지만 아픔과 어둠과 고통을 나누는 동안에 잠깐씩 빛나는 우리의 총명함은, 우리를 조금 더 나은 쪽으로 옮겨놓기도 한다. 꼭 만나서 커피를 마시거나, 기나긴 여정이 담긴 기차에 타지 않아도, 우리가 우리 자리에서 서로를 들여다볼 수 있는 거리로 남아 있다는 사실, 그런 사실에 안도감이 드는 것은 나의 크나큰 착각일까? 문예지를 들춰보다 우연히 친구들이 발표한 시를 읽을 때, 이 어둠이 어디에서 걸어 나왔을까 짐작하다가 괜히 맛있는 거 먹으러 가자고 연락해보는 우리의 연결됨이 시라는 아득한 세계 속에서 그나마 쥐어볼 수 있는 희미한 신호라는 게 다행이라고 여겨진다. 나는 아몬드 눈을 가진 친구들을 말없이 자주 생각한다.

지금 옆에 있는 사람들이, 내가 언젠가 닿아 있을 먼 미래에는 없을지도 모르겠다는 생각을 종종 한다. 영원함을 떠올릴 때마다 가장 어려운 것은 사람이었다. 순간을 헤아리자니 아쉬웠던 것도 사람이지만, 우연히 같은 벤치에 앉아 각자 보고 싶은 다른 풍경을 읽는 것이라고 생각하니 마음이 한결 수월해졌다. 누군가는 지저귀는 저 새의 종류를 알고 싶어 하고, 또 다른 누군가는 흐드러지게 핀 꽃을 감상하고, 누구는 지나는 개를 보며 자신이 키우는 개를 생각하고, 누구는 그저 눈 감고 감은 눈 위로 쏟아지는 몇몇 장면에 헛발질을 하는 것이다. 잠깐이나마 세계가 풍부해진다고 느낄 땐, 내가 그들과 함께 있을 때다.

아몬드 모양의 눈을 가진 사람들을 생각한다. 오롯이 혼자였을 때에만 발을 떼는 언어들을 놓아주면서, 내가 눈을 찌를 듯 앙상해질 때마다 너였다면 어땠을까, 나의 상황 속에 대입해보는 등장인물들이 있다. 영원히 나와 함께할 수 없을지도 모르지만 과거에는 서로를 전혀 알지 못했던, 그러나 지금은 함께인 사람들. 우리는 서로에게 무엇을 빌려주었는지 알지 못한다. 그러나 그것을 애써 돌려주지 않아도 된다는 것만은 안다. 아몬드 모양의 눈으로 우리가 보고 받아 적게 될 아직 많은 이야기를 향해서 우리는 지금 걷고 있다.

나의 애독자에게

어릴 적, 나와 동생은 방학만 되면 외갓집에 내려갔다. 특별한 계획 없이, 외갓집에 머물며 외할머니와 외할아버지의 보살핌을 받았다. 김밥을 싸들고 매미 소리 따라 소풍을 가기도 했고, 비디오테이프를 빌려 하루 종일 보기도 했다. 무뚝뚝하지만 사려 깊은 외할아버지는 저녁 8시만 되면 주무시곤 했는데, 덕분에 일찍 일어난 새벽에 졸린 눈을 비비며 목욕탕에 따라가 개운한 아침을 함께 맞이하기도 했다. 유달리 특별한 기억이라면 외할머니에게서 구구단을 배웠다는 것인데, 구구단은 학교 생활에 필요한 언어에 가까웠다. 학교나 학습지 선생님이 알려주는 구구단 방식과는 조금 다르게, 외할머니만의 구성진 노래에 입혀진 구구단을 따라 부르면서 여름을 졸졸 흘려보냈다. 학구열이 높았지만 배울 기회가 별로 없었던 외할머니는 여느 할머니들과 다르지 않게 건강과 안정을 기원하며 내가 커가는 것을 지켜봐주었다. 학업이 바빠 방학 때 놀러가는 일이 뜸해지긴 했지만,

그때의 추억은 그 어떤 것과도 바꿀 수 없는 귀중한 시간이다. 그래서 인지 내가 시를 막 쓰기 시작했던 중고등학교 때에는 외할머니가 등 장하는 시를 많이 썼다.

대학교 1학년 때, 학교에서 주최하는 교내 문학상에 공모하여 덜컥 당선이 된 적 있다. 당선작은 정확히 기억나지 않지만, 외갓집 풍경이 담긴 시였던 것은 확실하다. 나는 학교 신문 한 면을 가득 채 운 나의 시와 수상 소감이 담긴 신문을 들고 외갓집에 가서 외할머 니에게 맨 처음으로 보여주었다. 외할머니는 글씨가 잘 안 보인다고 했다. 그 후로 등단을 했고, 등단한 지면이 실린 문예지를 들고 외할 머니에게 찾아갔다. 책이 나오면 외할머니에게 가장 먼저 택배 발송 을 하기도 했다. 외할머니가 나의 애독자라는 사실을 나는 알고 있었 기 때문인데, 어느 날 대뜸 조가비 장롱에서 학교 신문을 꺼내어 보 여주신 적이 있다. 벌써 수년이 지나 누렇게 바랜 신문을 간직하면서 막 걷기 시작한 나의 언어를 계속 지켜봐준 외할머니의 흔적을 느낄 수 있었다. 외할머니는 때때로 산문집에 썼던 여행지의 일화를 이야 기하면서, 자연스럽게 내가 쓴 글을 읽고 이야기해주었다. 나는 그게 좋았다. 책을 내도 어렵다며 읽기 힘들어하는 다른 사람들과는 다르 게, 몰라도 계속 읽어보려고 하는 외할머니의 돌봄은 내 언어가 성큼 성큼 걸어갈 때에도 계속되었다.

1972년에는 훈데르트바서의 어머니 엘사 슈토바서가 죽는다. 그리고 그는 비애에 푹 잠긴다. 살아생전 그가 그림을 습작하면서 그렸던 〈내 어머니의 초상Portrait of My Mother〉(1948)을 본다. 그리고 불완전하지만 깊은 사랑을 느낀다. 추상적인 감상이지만, 그는 아버지를 일찍 여의고 어머니와 함께 오랫동안 살았다. 어머니는 그의 미술 활동에 누구보다 적극적으로 지지를 보냈던 사람이다. 유대인이었던 어머니와 겪어냈던 비참함 같은 것들은, 그들의 매듭을 더 견고하게 만들었을지도 모른다. 무엇보다도 누군가에게 열렬한 지지를 받는 그 마음에는 사랑이 필요하다. 그는 왜곡된 흔적 없이 정확하게 어머니로부터 사랑을 받았다.

그 누구도 내가 시를 쓴다고 했을 때 반대하는 사람이 없었다. 그것이 참 의아하다. 애는 시를 쓸 만한 애라고 여겼던 것일까. 오히려 너다운 것을 한다고 칭찬해주는 사람이 많았다. 내게서 어떤 이야기들이 흐르는지, 가만히 지켜봐주는 사람이 있다는 것은 내가 시를 쓰면서 끝끝내 외로움에 무릎 꿇지 않은 중요한 이유였다. 나는 어떤 글을 쓰든지 간에 외할머니를 생각한다. 외할머니가 이 글을 어떻게 읽을지 그런 것은 생각하지 않은 채로, 이 문장이 흘러가 작은 연못이 되는 곳에는 아무런 일도 하지 않고 발 담그며 푹 쉬고 있는 외할머니가 있었으면 하는 마음이다. 매미 소리가 여름을 찢어가며 더위를 고조시킬 무렵, 그림자 작은 나와 동생은 그때만 해도 크고 웅장한 그림자를 가진 외할머니 뒤를 쫓아 시장에도 가고, 김밥도 먹고, 이상한 구구단 노래를 흥얼거리기도 했다. 그 여름이 나의 어딘가에 새겨져 무늬가 되었으리라 짐작한다. 그리고 그 여름의 열기가 나의 춥고 얼어붙어가는 무언가를 녹여준다는 사실까지도. 나의 확신만 있다면 언제든지 올곧게 출발할 수 있는 흰 종이 위에서 나는 그 여름의 그림자를 기울여본다. 훈데르트바서가 어느 날, 자신의 할아버지가 그릇에 예쁘게 꽃무늬를 그려넣은 것을 보고는 처음 그림을 그리고 싶다고 결심한 일처럼, 내 모종의 씨앗이 어디에서 불어왔는가 생각하면 그 방향은 따뜻하고 아늑한 쪽임이 틀림없다. 신파적인 것을 별로 좋아하지 않지만, 내가 유일하게 생각하는 나의 드넓고 존재 자체로도 훌륭한 정원이 있다면 그것은 외할머니가 기르고 일궈온 작은 세계다. 나의 몇 가지는 그곳에서 걸음마를 배워 걸어나왔다.

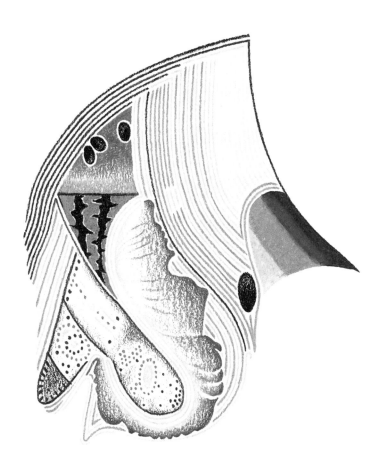

여기, 이야기가 많이 들어 있다

　나는 이야기를 믿는 사람이다. 어쩌면 그 믿음 때문에 시를 쓰게 된 것인지도 모르겠다. 그 이야기가 실화인지 허구인지, 재미있는지 지루한지 그런 판단에서 오는 믿음이 아니라, 이야기가 있다는 사실 자체에 매료된 것 같다. 사람들이 살아가는 곳에 일어나는 일들, 발설하고 또는 꽁꽁 숨기면서 맺히게 되는 많은 이야기들, 살면서 알게 된 이야기가 있고 끝끝내 모르는 이야기가 있다. 이야기가 어떤 비밀을 만들고, 어떤 사실을 흉내 내는 것이 좋다. 이야기는 살아가는 힘을 주기도 한다.

　가수 이랑의 2집 공연 '완창회'를 듣고 볼 수 있는 작은 자리가 마련되었다. 다름 아닌 문래동에 있는 '재미공작소'라는 곳이었다. 수용 가능한 인원이 스물다섯 명밖에 되지 않는 작은 공간이라서, 피 튀기는 티켓 예매가 예고되었다. 왕년에 연예인 좀 좋아했던 내게는 어렵지 않은 일이었다.

문래동에 있는 '재미공작소'에서 나는 낭독회를 몇 번 해본 적 있다. 책을 함께 읽고 이야기를 나누는 강독회라는 이름의 행사였다. 선배 시인의 신간 행사에서 사회를 보기도 했고, 시 쓰는 동료들과 그곳에서 시를 읽기도 했다. 이 작은 공간에서 많은 일이 일어났다는 게 도무지 믿기 어려웠다. 거짓말처럼, 나는 이 공간 하나로 문래동이라는 동네에 관심을 갖게 되었고, 자연스레 문래동은 나만 알고 싶은 곳이 되었다.

이랑 공연을 보기에 앞서 나는 동생과 함께 식당에서 밥을 먹었다. 매번 오는 식당이지만, 동생과는 처음 와본 곳이었다. 동생도 이랑을 좋아하느냐? 그렇지 않다. 집에서 청소를 하거나 원고를 쓸 때마다 이랑 노래를 틀어놓은 탓인지, 동생은 이랑에 대해 얼추 알고 있었고 호기심이 들어 함께 오게 된 것이었다. 우리는 식사를 하면서 밀착되어 있던 옆 테이블에 사람들이 차오르는 것을 보았다. 자칫하면 대화가 쉽게 노출될 수 있을 만큼 가까운 자리였다. 옆에 앉은 사람들은 소개팅을 하고 있는 눈치였다. 어디에서 왔는지, 얼마나 걸렸는지, 만나서 이미 된 것을 꼼꼼하게 따지고 묻는 정성과 배려의 대화였다. 반대쪽 테이블에도 역시 소개팅 커플이 앉았다. 이미 와본 사람이 처음 와본 사람에게 이것저것 알려주고 있었다. 우리가 먹는 것을 슬쩍 보고는 메뉴를 골랐다. 그들은 서로를 알아가기 위해 무진장 애를 쓰고 있었다. 이야기 주머니 같은 것을 열어야 하는 순간이었다.

　　이랑 공연에 오기 전에 나는 에스엔에스를 통해 '재미공작소'가 8주년이 되었다는 사실을 알게 되어서, 서랍에서 엽서 한 장을 꺼내어 축하 인사를 적었다. 8을 옆으로 눕혀서 무한대의 기호를 만들고, 영원했으면 한다고 적었는데 어쩐지 저주처럼 느껴지기도 했다. 그리고 2017년에 문래동을 주제로 쓴 시 한 편이 깃든 책에 엽서를 꽂아넣었다. 문래동에 관한 시를 써달라는 청탁이 왔을 때 나는 주저 없이 포털 사이트에 '재미공작소'라고 쳐 넣었다. 그리고 주소를 복사해 그대로 시 제목으로 하고 시를 썼다. 잊고 있다가 문득 이 책을 주면 좋겠다 싶어서 '재미공작소'를 꾸려가는 두 사람에게 선물로 주었다.

　　이랑의 공연을 관람하면서 나는 '이야기'라는 낱말을 계속 곱씹고 있었다. 이랑이 앵콜 마지막 곡으로 부르게 된 노래는 특별한 사연이 있었는데, 노래를 부르다가 그만 눈물이 터져서 공연이 중단되고 말았다. 이랑은 조심스럽게 자신이 왜 우는지, 이 노래가 어떤 노래인지를 훌쩍거리며 설명했다. 건네준 휴지를 다 쥐지 못해서 기타에 살포시 떨어진 한 장을 발견하지 못하고는 남은 노래를 완창했다. 나는 노래가 끝날 때까지 그 휴지가 바닥에 떨어지지 않았으면 싶었다. 그 무엇도 들키지 않고, 방해하지 않고 끝나기를 간절히 바랐다. 그 노래와 함께 여기저기서 훌쩍이는 사람이 많아졌다. 특히 옆 사람은 공연이 끝날 때까지 계속 울고 있었다. 건네줄 손수건 한 장 없는 게 아쉬운 마음이었다가도, 나는 왜 눈물이 나지 않는 걸까 하는 생각에 사로잡히게 되었다.

여기에 이야기가 많이 들어 있다.

그렇게 생각하면 이야기가 다른 이야기를 건드리고, 그 이야기가 터져 나오기를 기다리는 동안 우리는 또 이야기를 해보는 것이다. 노래 한 곡이 끌어당기는 우리 안의 이야기들, 각자의 이야기들, 그런 것을 생각하면 저절로 눈물이 나는 사람도 있고 그렇지 않은 사람도 있을 것이다. 여기에 이야기가 많이 들어 있다, 그런 생각을 하니까 이토록 작은 공간이 꽉 채워지는 느낌이 들었다. 이야기를 만들며 살아가는 우리에 대해, 이야기를 말하고 싶어 하거나 보여주고 싶어 하는 우리에 대해, 그리고 그것들이 끝끝내 건드리고 마는 말할 수 없는 이야기에 대해.

나는 가끔 사람들이 싫어서, 사람들이 모두 종말한 세계를 상상한다. 상상을 하다가도, 사람이 그럼에도 좋을 수밖에 없는 이유를 다름 아닌 이야기 때문이라고 생각한다. 한 사람이 경험한 이야기, 한 사람이 전해들은 이야기, 한 사람이 다른 한 사람에게 하고 싶은 이야기 같은 것이 우리를 계속 살아가게 하는 것 같다고. 공연이 끝나고 이랑은 대기실에 들어가 한동안 나오지 않았다. 그렇게 멍하니 앉아 있다가 '재미공작소'의 두 분에게 인사를 건넸다. 내가 건넨 8주년 축하 인사가 어떤 것인지, 사실 나도 잘 모르겠지만 이야기가 많이 들어 있는 이곳이 아늑한 주머니처럼 느껴졌다. 그들은 사람들이 모두 떠난 자리를 정리하고, 불을 끄고 집으로 돌아갈 것이다. 같은 곳에 있었지만 돌아서면서 다르게 맺히는 이야기 물방울을 잘 간직하면서, 그것이 마르지 않도록 가꾸며 살아간다는 생각을 하면 나도 조금 더 살고 싶어졌다.

　여기에 이야기가 많이 들어 있다. 그런 말은 살아 있는 이유와 엇비슷했고, 이야기가 하고 싶어서 돌아오는 내내 동생에게 재잘거리는 내 모습을 볼 수 있었다.

시끄러움을 자처한다는 것

데버라 리비가 쓴 《알고 싶지 않은 것들》에서 내 멱살을 부여
잡은 문장이 있었다.

목소리를 키우라는 건 크게 말하라는 뜻이 아니에요. 본인이
원하는 바를 소리 내어 말할 자격이 있다고 스스로 느끼라는 뜻이
죠. 우리는 원하는 게 있을 때 기어이 주저하고 말죠. 난 작품에서
그러한 머뭇거림을 숨기지 않고 보여 주고자 해요. 머뭇거림은 일
시적으로 멈추는 것과는 달라요. 주저한다는 건 소망을 물리치려
는 시도예요. 하지만 여러분이 그 소망을 붙들어 언어로 표현할 준
비가 되면, 그땐 속삭여 말해도 관객이 반드시 여러분 말을 듣게 돼
있어요.

'#문단_내_성폭력' 해시태그로 빗발치던 수많은 폭로는 비명에

가까웠다. 그 비명을 읽고, 듣는 일마저도 심장 박동을 빠르게 주무르곤 했었는데 말하려는 이의 심정을 생각하면 어딘가가 하나씩 무너지는 기분이 들었다. 의무경찰로 복무할 당시에 나는 수많은 시위자를 두 눈으로 보았다. 시위를 접거하기 위해 수많은 인력을 동원하고, 시위자의 돌발 상황에 대처할 수많은 도구와 기구가 등장했다. 내 생각에는 그 당시 그 누구도 무슨 일이 벌어졌나에 대한 궁금증은 가지지 않았다. 시위자는 그저 경찰을 힘들게 하는 대상으로 치부되고, 그들은 거의 울부짖듯이 포효했다. 그것이 무슨 말인지 들어보기 위해서는 그들의 입장이 먼저 되어보는 것이 가장 중요했다. 왜 이토록 크게 말해야만 하는지, 그럼에도 잘 들리지 않는다면 누군가는 억울함의 이력을 쌓아가고, 누군가는 반쯤 포기하며 살아갈 것이기에, 큰 목소리를 들어야만 했다. 작고 어두운 귀로.

훈데르트바서가 그린 환경 보호 포스터는 유난히 화려하고, 텍스트가 산만하게 그려져 있다. 단정하고 심플한 요즘 디자인과는 다르게 어딘가 과잉된 모습이다. 무엇보다도 뚜렷한 색깔과 자극적인 문구, 멀리서 보아도 한눈에 알아맞힐 수 있을 정도의 볼륨감 같은 것은 훈데르트바서가 유독 포스터 작업에 있어서만큼은 목소리를 아끼지 않았다는 뜻이기도 하다. 시끄러움을 자처한 사람처럼. 그에게 포스터 작업이 환경 보호를 선전하는 수단이기 전에, 인간은 자연이 파괴되어 가는 것에 말할 권리나 의무가 있다는 뜻에서 기인한 것이 아닐까. 그의 포스터를 보고 있으면 모든 게 다 넘쳐나는 듯한 인상을 받는다. 그의 포스터 중 〈생존 혹은 자살Survival or Suicide〉(1990)은 세계 열대우림을 보존하기 위해 작업한 포스터인데 유독 'survival or suicide'라는 문구가 눈에 들어왔다. 우리에게 주어진 선택지가 생존과 자살 그것뿐이라면, 그러니까 생존과 자살이 톱니를 맞물려 함께 굴러가고 있는 것이라면, 열대우림으로 축약된 거대한 자연도 인간과 마찬가지의 운명을 따라가고 있는 것이다. 빨간 글씨의 'suicide'는 인간의 몸으로 말하는 자연의 절규처럼 들린다.

나는 문학을 하면서, 문학이란 자신의 내면에서 태어난 어두운 거울을 들여다보는 일이라고 여겼다. 그 깊은 거울 속에서 길어 올린 말과 이미지로 자기만의 세계를 구축하는 일이라고 생각했다. 아주 어리석고도 단순한 생각이었다. 저마다 문학으로 맺히는 의미가 다르겠지만, 나는 수많은 피해자의 목소리를 전해 들으면서, 내가 살아 있는 생태계에 대해 생각했다. 누군가는 끊임없이 포식자로 어둠을 기어 다니고, 누군가는 빛으로 나아가기 위해 발버둥치지만 올가미에 사로잡혀 있고, 누군가는 그것을 철창 밖에서 구경만 하고 있는 그 혼돈의 상태를 처음으로 인지하게 되었다. 문학을 그만둔다면, 이 생태계에서 빠져나와 아무런 혐의 없는 존재로 살아갈 수도 있겠으나, 누군가는 타의로 문학을 그만두었고, 그만두게 만든 자는 여전히 자신의 서식을 넓혀가고 있었다. 모두가 배고픈 자들이 모여서 굶

주림을 감추지 않고 여실히 드러내는 약육강식의 세계, 나는 그 폐허와 같은 바닥에 문학이라는 이름을 보았다.

불구경이나 하듯이, 그렇게 나도 모르게 화마에 잡아먹힌 나의 영혼은 계속 무슨 말을 하고 싶어 안달이 난 사람처럼 군다. 크게 말해야 해, 꼭 말하고 싶은 게 생긴다면, 주저하지 말고, 말할 수 있어야 해, 악역을 자처해서라도, 말할 수 있어 말하게 되었고, 그것은 누군가가 분명히 엿듣는다, 듣는 일이 번지고, 들어야만 한다고, 들어보겠다고, 얼어붙은 귀들을 녹일 수 있을 때까지, 말하고 있어야 한다. 말할 수 있는 상황이, 말해도 되는 세계가 펼쳐져야 한다, 펼쳐지는 일을 하기 위해서는 말해야 하고, 들어야 하며, 말하기로 한다, 말하고 있어야 한다. 도처에는 나도 모르게 내 명의로 된 분노가 있다. 이젠 화를 낼 수 있어야 한다.

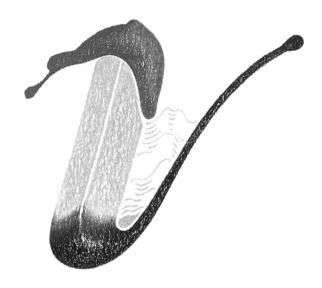

따뜻한 초조함

시를 읽고 시에 대해 이야기하는 수업을 하면, 나는 종종 사람들이 자신의 시에 대해서 어떻게 말할지 궁금해진다. 사실은, 그게 굉장히 무례하거나 짓궂은 질문이라는 것을 잘 안다. 거울 앞에서서 있는 그대로의 나 자신을 들여다보는 일과는 차원이 다른 일이기 때문이기도 하다. 하다못해 온라인에서 자기 소개를 입력해야만 하는 순간이 찾아들면, 사람들은 새삼스럽게 어떤 단어나 문장을 골라넣어야 할지 아득해진다. 아득한 심연 속을 걸어 나온 사람에게 그곳이 어땠냐고 묻는다면? 몽중의 심경을 말해야 하는 일과 다르지 않을 것이다. 하지만 이름 없는 세계나 시간에 이름과 비슷한 것을 불러주면서 찾게 되는 방향도 있다. 나는 내 시가 어떻다고 믿어온 시간이 있었고, 그게 나 자신만이 호명하는 비밀 암호 같은 것이었지만, 그 호명 이후의 시 쓰기가 분명하게도 즐거워진 지점이 있었다. 내게도 그런 것이 심겨져 있구나, 내게도 그런 것이 발견될 수 있겠구나, 어쩌면… 하고 아득한 시간을 잠깐이나마 밝힌 시간이 있었기 때문이다.

자발적으로 손을 들고 말하는 사람은 당연히 없다. 아마도 질문을 받아들고는 그제야 적합한 대답을 고르는 사람도 있을 것이고, 목 끝까지 차오른 대답이 있지만, 남들에게 꺼내놓기 부담스러워하는 사람도 있을 것이다. 그래서 질문을 달리해본다. 나는 어떤 사람인가? 그건 더 어려운 질문일 수도 있겠지만, 앞전에 자신의 시에 대한 질문에서 이어져온 질문이라서, 시에 드러나는 나 자신을 떠올리며 자연스럽게 이야기를 이어가 볼 수도 있지 않을까 하는 마음이었다. 그래서 질문을 다시 고쳤다. 자신의 시 안에서 화자는 어떤 모습인가요? 한 분이 떨리는 음성이지만 차분하게 이야기를 이어나갔다. 그 소개는 내가 어떤 음식을 좋아하고, 어떤 계절을 좋아하는지 알려주는 것과는 전혀 달랐다. 그 사람이 아니면 잘 알 수 없는 기질이기도 했고, 그건 이름만 달랐지만 누구에게나 있는 것인지도 몰랐다.

제 화자는 종종 따뜻한 초조함을 느껴요.

처음에 '따뜻하다'와 '초조하다'가 서로를 호응하는 것이 이상했다. 그래서 계속 속 발음을 해보게 되었다. 초조함은 대체로 차갑거나 서늘한 이미지를 주기 때문에, 초조함을 수식하는 '따뜻함'에 대해 생각해보게 되었다.

집에 돌아와서도 그 말이 잊히질 않았다. 많은 사람 속에 서 있는 나를 상상해보았다. 잘 모르는 사람과, 몇 번 본 적 있지만 인사

건네기엔 어색한 사람과, 이 모든 상황이 어렵지만 어려운 상황을 난처해하지 않으려고 애쓰는 나 자신이 있었다. 누군가가 말을 걸면, 대답을 꼬박꼬박 잘 하면서도 부담스럽고, 누군가에게 말이 걸고 싶으면 그가 담배를 피우러 나갈 때 조용히 따라나서기도 했다. 수많은 사람 속에서 옆에 앉거나 앞에 마주한 사람과 대화를 이어나가기도 하고, 한번 마음이 녹으면 어려운 상황을 조심스럽게 풀어가는 침착한 사람. 다정하게 대하다가도 자신이 하는 말과 행동을 떠올리며 이상하진 않았는지 계속 의심하는 사람.

수업이 거듭되고, 수강생들의 작품을 합평하는 시간이 왔을 때 나는 '따뜻한 초조함'이 느껴지는 작품을 마주했다. 자신과 다르지 않은 시를 쓴다는 것은, 어떤 부분에서는 솔직한 것이고, 어떤 부분에서는 과감한 것이다. 나는 그 용기가 시적으로 느껴질 때 큰 매력을 느끼는데, 그 시의 화자들은 대체로 그랬다. 웃는 얼굴로 있지만 반가워 손을 맞잡은 타인에게 "손이 왜 이렇게 차가워?"라는 말을 듣는 사람. 잰걸음으로 제자리를 많이 걷는 사람.

나는 그런 나의 모습을 한 번도 어떤 이름으로 불러준 적이 없었다. 누군가의 '따뜻한 초조함'이 나의 그런 모습을 돌연 들추는 것이 무섭기도 했고, 기이하기도 했다. 그래서 나는 이 말이 좋아서 계속 곱씹었다. '따뜻한 초조함'의 자세는, 타인을 향해 있는 자세이기도 하다. 다정하고 싶은 마음과 조심스러운 마음이 부딪칠 때 생기는, 손에 땀이 나는 증상과도 같다. 어쩌면 어느 마음 하나 앞질러가지 않도록 스스로를 자주 다독여야 하는 사람이기도 하다. 그 '따뜻한 초조함'이 그 사람 안에서 어떻게 자라날지 궁금해졌다. 그 화자가 시 안에서 무엇을 보고, 무엇을 느끼며 또 무엇을 하고 하지 않는지에 대해서. "손이 왜 이렇게 차가워?"라고 누군가 묻는다면 "그래도 마음은 따뜻해."라고 농담할 줄 아는 그 찰나의 시간을 잘 건너길 바라면서.

책상 일기

블로그에 책상 일기를 연재하고 있다. 이건 나와의 약속으로 시작된 일이기 때문에, 그 무엇도 계산하지 않고 쓴다. 방법은 간단하다. 책상에서 쓰고, 읽고, 생각하는 것을 기록한다. 폴더명은 'DESK_RECORDING'으로 되어 있다. 책상에 아무렇게나 널려 있는 수첩과 노트북과 필통과 책으로부터 보이지 않는 것을 길어 올리는, 말 그대로 현장을 '녹화'하는 일이다. 그래서 그 글은 한번에 쓰고, 곧바로 게재한다. 녹음된 것은 수정할 수 없으니까, 있는 그대로의 실황을 보여주고 말하는 것이다. 책상에서 거의 모든 것이 이루어지기 때문에, 이 작업을 시작하게 되었다. 이 글도 일곱 번째 책상 일기를 적은 뒤에 쓰는 글이다.

다행히도 친구들은 "그런 걸 왜 해?"라고 질문하지 않는다. 그런 멍청한 질문에 대답할 자신이 없는 나 역시 어리석은 사람이라서 그런 질문이 두렵다. 친구는 어느 날 나에 대해 다른 사람에게 이야기한 것을 말해준 적이 있다. 나는 자기와의 약속을 만들어 실천하는 사람이라고. 나는 그 말이 좋았다. 책상 일기를 읽고, 그 글이 어땠는지 이야기해주는 것보다, 나의 상태를 알아봐주는 말이라고 느꼈기 때문이다. 생각해보면 나는 말끔한 종이 한 장 위에 계획표를 척척 써 내려가는 사람이었다. 책상 일기가 매번 훌륭한 독서 일지나, 집필 일지가 되지 않는 것처럼 그 계획들도 계획대로 실천되지 않았다. 다만 나와 무언가를 약속하기 위해 스스로 협상하고, 스스로를 돌아보는 일 자체가 즐거웠다. 살아 있다는 것을 느끼는 숭고한 행동이기도 했고, 형태만 달라져갔을 뿐, 나는 여전히 온전히 동그랗지 않은 곳을 서툴게 쪼개어 계획표를 짜는 어린이와 다를 바가 없다.

그런 계획과 실천으로 살아 있음을 느끼는 내가 가장 먼저 싸웠던 것은 보상 심리였다. 첫 직장은 퇴근 시각이 저녁 7시였다. 집에 겨우 도착해 8시 뉴스와 함께 대충 차린 저녁을 먹고, 어쭙잖게 시간을 보내면 9~10시가 되었다. 무언가를 하기에 정말 늦은 시간이었다. 한시라도 쉬고 싶은 마음이었다. '나, 일하고 온 사람이야.' 그런 유세를 스스로 떨어보는 것이었다. 씻고 누워 에스엔에스를 살피면 어느덧 하루가 가 있었다. 자고 일어나 무거운 육신을 밀어내며 다시 회사로 갔다. 그런 반복 속에서 시를 쓴다는 것, 누군가의 책을 읽는다는 것은 도무지 상상도 할 수 없는 일이었다. 상태가 가장 좋은 시간을 모조리 회사에서 보내고, 겨우 내 것을 할 수 있는 기회가 왔을 때 그 기회를 발로 차버리는 이 반복을 알면서도 끊을 수가 없었다. 나의 고된 노동을, 나의 또 다른 노동으로 교환하는 일에는 용기가 필요했다. 허겁지겁 정말 알 수 없는 힘으로 그때 마감했던 원고들을 떠올리면, 정말 설명 불가능한 일도 있다는 것을 알게 된다.

회사 생활에 적응하고도 남을 시간이 지나자, 나는 어느덧 그 보상 심리에서 빠져나올 수 있게 되었다. 집에 돌아와 30분이라도 책을 읽고 글을 쓰는 것이 마치 휴식이라도 되는 것처럼 느껴질 땐 조금 뼈아팠다. 하루라도 피곤하다고 말하지 않는 날이 없을 정도로 고약한 신체와 수다를 떨었다. 영양제는 해가 지날수록 하나씩 더해지고, 운동을 권장하던 의사와 친구들의 말은 귓등으로 들을 수밖에 없었다. 내 생각을 말하고 내 생각을 듣는 시간이란 게 주어지지 않으면, 앞으로 나는 내가 하고 싶은 것을 해나갈 수가 없었다.

그래서 일종의 약속을 만들어보는 것이다. 책상 일기는 그래서 쓰게 되었고, 어떤 날엔 오로지 책상 일기를 쓰고 싶어서 책상에 앉는 날도 있었다. 그게 나쁘지 않았다. 책상은 나의 대자연의 미니어처이자, 내가 잘 보이는 손거울이기도 하다. 비로소 자발적인 고립에 성공하는 장소이기도 하다. 내가 여기에 앉아 비로소 무엇을 하고 싶어 하는지 알고 싶은 마음이 있다. 내가 나에게 이 책을 읽고 싶은 이유나 곧장 마감해야 할 원고에 대해 어떤 생각을 가지고 있는지

물어봐 주는 친구가 되는 것이다. 이렇게 말하면 많이 외로운 사람처럼 비칠 수 있으나 외로움이 알려준 적막이나 고요 같은 것은, 아무에게도 알려주고 싶지 않은 것이기도 하다. 나는 그것들과 자주 어울렸다. 그것들 때문에 자주 절망적일 때도 있었지만 말이다.

내가 나를 비뚤게 사랑하고 있다는 증명은, 내가 나와의 약속을 실천하지 못해도 크게 개의치 않는 데서 온다. 무덤덤해진다는 것이 가장 두려웠다. 앞서 이야기했듯이, 계획을 온전히 이루기 위해 계획을 세우는 것이 아니라, 계획을 세우고 약속하려는 나 자신을 보는 것이다. 그걸로 이미 충분하다. 작심삼일이 필요하다. 하루살이의 심정이 필요하다. 아무것도 하지 않는다고 해서 아무것도 되지 않는 것은 아니다. 그런 후한 마음으로 나를 지켜보았다. 거기서부터 나는 모든 것을 시작하곤 한다. 자기 검열이 심한 친구들에 비해서, 나는 많은 것을 금방 시작하고 금세 싫증 내기도 한다. 그래서 언제나 0으로 수렴되는 자리가 있다. 거기에서 진짜 섬유질을 만들기도 하고, 근육을 이루기도 한다. 마치 고장 난 것처럼 계속 0인 상태에 놓여 있기도 하는데, 나는 그 상태가 나의 상승이나 하강을 덧대어 보여주는 좋은 바탕이라고 생각한다. 어쩌면 이 모든 작동 원리를 시행하고, 점검하고, 발현했던 게 나의 이십 대가 아니었을까 싶다.

여덟 번째 책상 일기를 언제 쓸지 모르겠다. 이 책이 나올 때쯤

엔 블로그에 수십 번째 책상 일기가 적혀 있을 수도 있고, 어느 날 갑자기 책상 일기가 사라져버릴 수도 있다. 모르니까 해보겠다는 말, 그런 무용한 선언 속에서 알게 되어 할 수 없는 것과 계속 궁금해지는 것이 구분되었다. 모니터가 뿌옇게 보일 때면 나는 모니터를 닦을 게 아니라 안경알을 차분하게 닦고 다시 모니터를 들여다본다. 이곳이 나의 현장이라고 생각하면서.

여러분

2018년 12월 10일, 서울과학기술대 시창작연습2 특강 원고

여러분,

저는 어쨌거나 시 쓰기가 재미있어 지금은 그만둘 수 없습니다. 그 재미있는 이유에 대해서 충분하게 설명할 수는 없습니다. 때로는 불충분하다는 상태에 휩싸이고, 그것을 즐깁니다. 정확하고 손익을 따져가며 살아가는 삶은 그 삶대로, 불확실한 자세로 시 안쪽을 걸어가는 삶은 그 삶대로 살고 있습니다.

아름다운 문장을 적고 싶습니다. 그보다 아름다운 것에 대해 말하고 싶습니다. 그러나 그것에 자주 실패합니다. 사랑이라고 말하면 두려워지는 행색은, 시가 삶의 은유로서 살아가고 나는 그것을 말하고 싶어 하기 때문에 생깁니다. 삶의 아름다운 순간을 말하기 위해 고통스럽게 망가진 세계를 동시에 바라보아야 했습니다. 내가 무엇을 말하고 싶은지, 스스로에게 질문을 던졌고 대답은 돌아오지 않았습니다. 질문만 빗발치는 세계에서 나는 가장 알맞은 대답을 고르는 중

이라고 할 수 있습니다. 시 쓰기란 제게 그런 과정이기도 합니다.

　조급함은 제 인생의 악역을 자처한 은인이기도 합니다. 제게 끊임없이 견디라고 했습니다. 그리고 시는 빨리 이룰 수 없고, 섣부르게 나의 세계를 증명해주지 않는다는 것을 알려줬습니다. 시간과 속도 속에 저는 제 자신을 단속해야 했습니다. 그 누구도 이름을 불러주지 않는 시간이었습니다. 마음 내벽에 생긴 결로와 곰팡이를 돌보느라 제 인생을 다 허비하는 것만 같았습니다. 하고 싶은 말이 생길 때까지, 꼭 써야 하는 것이 태어날 때까지 울지도 웃지도 않는 시간이었지만, 그 시간이 보여준 창문 밖의 세계는 감히 가지고 싶은 것이라 버텼습니다.

　기다림이라는 알을 품고 처음 태어난 것의 울음소리를 받아 적었습니다. 그런 심정으로 시를 썼습니다. 나의 이야기를 할 때가 왔다는 생각을 너무 뒤늦게 했습니다. 등단할 때 썼던 시는 모두 제 시가 아니었습니다. 눈치 빠른 시의 기술로 완성을 흉내 낸 것에 불과하다고 생각했습니다. 음소거의 시에서 처음 볼륨을 가진 것 같다고 생각한 순간은 생각보다 늦었습니다. 그러나 그런 순간이 제게도 와주었다는 생각에 잠시 감격하기도 했습니다. 시인들이 시집을 내고는 정작 펼쳐보기까지 오랜 시간이 걸린다고들 했습니다. 그런 말에 콧방귀를 뀌던 저야말로, 첫 시집을 깊숙이 들여다볼 자신이 없었습니다. 너무나 나다운 내가 있으니까요. 나는 여기 책 바깥에 있는데 책 안에 있는 것이 나를 원관념으로 무수히 많은 다발로 태어나 있으니까 징그럽고, 또 지금의 나보다 아름다워 보이기도 했습니다.

지금 나는 무엇을 말할 수 있는가, 그 질문을 여러분의 깊숙한 곳에 심어두고 싶습니다. 그것이 비옥한 땅을 뚫고 태어나기까지 여러분이 쓰는 시가 여러분의 목소리를 모사하는 것일지라도, 그것은 견딤의 방식이자 버팀의 새로운 모양이기 때문에 지금은 이렇다 단정지을 수는 없을 것입니다. 그것을 빨리 만나게 되는 사람도 있고, 영영 피우지 못한 채로 살아가는 사람도 있을 것입니다. 나의 시를 뒤돌아서 읽게 될 때, 그 작품이 나의 어떤 면을 내비치고 있을 때, 그리고 그 장면을 무엇이라 형용할 수 있게 될 때, 시는 보다 자연스레 촛불을 켜고 바람을 견디기 시작합니다. 견디는 게 당신뿐만은 아니라고 말하면서요. 어둠 속이었지만 조금 환해진 불빛을 품고 더 어두운 곳으로 나서게 되겠지요. 우리는 모두 그 모험을 하고 있는 사람들이기도 합니다.

오늘의 날씨는 창백하고, 그것이 내 마음과 다르지 않아 아무것도 쓰지 않는 날이 있습니다. 쓰는 나 대신 무언가로 둔갑해 대신 나타나는 것들의 재잘거림을 듣기 위해 항상 침묵을 지킵니다. 흰 종이 위에 더 흰 것을 켠다는 마음으로 씁니다. 세상에 없는 것을 쓰겠다는 자잘한 욕망보다, 나만 할 수 있는 이야기를 쓰겠다는 솔직한 욕심으로부터, 이 희고 어두운 방백을 점유하는 것입니다. 시 앞에서 준비된 사람은 없습니다. 시 앞에서 연습을 끝낼 수 있는 사람도 없습니다. 없음의 상태를 잠깐 있음의 상태로 만드는 '시'의 순간을 우리는 모두 경험하였기에 씁니다. 쓸 수 있는 시간이 찾아왔고, 이 다음에 적게 될 문장이 무엇일지 궁금해집니다. 궁금하다는 기초적인 사랑의 문법이 매일 나를 시도하게 합니다. 그것이 어떤 결말이 아니라, 무언가를 시작하게 하는 것이길 바랍니다. 여러분, 이라고 말하고 내가 듣는 이야기이기도 합니다. 감사합니다.

사랑의 파도 위의 레겐탁

겹눈, 겹사람
흘러가기 위한 자세

한 척의 배가 갖는 날씨는
오로지
겹눈, 겹사람의 대화 속에 있다

펄럭이는 닻, 출렁이는
겹눈, 겹사람은 물의 끝이 궁금하다
도착할 곳은 거기가 아니기에

젖는 것을 망설이지 않는다
이제 먼 육지에서 이들은
노 젓는 한사람으로 보일 것이다

만나는 곳에서도 만나기를 원하는
중얼거림 속에
젖은 돛을 덮고 잠든 연인이 있다

깨우지 않기 위해서
까치발을 들고 호수에게 발자국을 남기지 않는
조심스러운 겹눈, 겹사람

다가오는 구름을 보고 싶어서
한 사람은 눈 감고
눈 감은 사람을 지켜보는 한 사람이
물 위에 닻을 내리고는

녹슬어가기를 기다린다
잠글 수 없기에 열 수도 없는
단단한 등을 뱃머리 위에서 맞대고

구름이 구름을 지나지 못한다
비가 그칠 줄 모른다
서로가 서로에게 모자란다
나눠가진 열쇠를 바다에 던지는 일

그것을 찾기로 한 항해였으나
끝내 잊어버리고 헤매는
겹눈, 겹사람과
한 척의 배

흔들리고 있는

두려움 없이

✦　훈데르트바서 作, 〈사랑의 파도 위의 레겐탁Regentag on Waves of Love〉(1971).

내가 훔친 인디언 보조개 한 개

이제는 나의 대지를 다루는 일에 대해 생각한다.[*] 나의 초원 위를 떠도는 저 인디언에게 언어를 가르치는 일로부터 시작한다.

내 평온한 들판에서 추방시키기 위해서.

그래서 설득이 필요하므로 나는 나의 모국어를 가르쳐야만 한다.

책을 펼치고, 한국어 노래를 재생하고, 인디언을 위한 자막을 쓰는 일로, 나는 나의 대지를 다룬다.

저 인디언은 아무것도 알지 못한다. 어쩌면 그 무엇도 알고 싶어 하지 않는 얼굴이다. 아둔한 인디언을 지배하는 것은 익숙한 모국어를 말하려는 입술, 이름을 부르는 입술, 사랑을 증명하는 입술, 오직 입술뿐이다.

그러나 인디언은 모르지 않는다.

내가 인디언을 모른다고 생각이 들기 시작한 것은, 다름 아닌 저 천진한 보조개 때문이다. 이 땅을 떠나달라는 나의 첨언을 건네기 위해서 가르친 말들에 화답하는 미소 때문에. 저 미소는 양떼의 침묵을 지키기도 하고, 때론 인간의 마음을 유혹하기도 한다.

한마디의 말보다 더 많은 말을 함축하고 있는 인디언의 보조개는 내가 아직 읽어본 적 없는 시처럼 느껴지기도 한다. 나중에 읽고 싶어 한다.

때로는 부정확한 것이 가장 정확하다. 더 불확실해지기 위해 살고 있는 것인지도 모른다. 인디언이 과녁을 향해 쏘아 올린 화살이 정중앙을 대신해, 밤마다 으르렁거리던 맹수의 염통을 관통한 일이라면, 그것은 실수가 아니라 전설로 기록될 것이다.

실수를 두려워하는 인디언이라면, 나의 대지를 호령하는 나의 언어를 이해하지 않을 것이다. 저 인디언의 보조개를 번역하는 일을 소일거리로 살고 있다.

나를 궁금하게 하는 표정, 저 보조개는 어제의 살의를 띄우기도 하고, 간밤의 포근함을 짓기도 하고, 내일을 기다리는 작은 미래를 비추기도 한다.

내게는 없는 저 보조개를 모국어로 품고 살아가는 인디언을 나는 내쫓을 수 없게 되었다. 포기했다.

다만 저 인디언이 아무것도 물들지 않은 얼굴로 살아가길 바라게 되었다. 내 단정하고도 정확한 정원을 가끔 휘저으며, 망치기를 바라게 되었다.

어쩌다 찾아오는 딸꾹질처럼

내게 신호를 보내주었으면 한다. 거칠고 꾸밈없는 저 야생의 미소가 나의 대지를 누빈다.

누비는 것을 허락하니, 마침내 첫 번째 평온함이 찾아든다.

알고 있던 많은 단어가 갑자기 생각나지 않을 때, 인디언은 나를 향해 미소를 짓고 있다. 저 보조개를 알기 위해서 나는 웃을 수밖에 없었다.

✦　이수안의 문장을 빌려옴.

식물 부음

2년 동안 키운 고무나무가 죽고, 나는 그것을 마당에다 가져다 놓았다. 그리고 그 자리엔 내 손바닥만 한 잎사귀들이 떨어져 있었고, 나는 그것을 종잇장처럼 줍고 대형 폐기물 신고서를 출력한 다음 화분에 둘러 거리에 내놓았다. 그런 심경은 처음이었다.

훈데르트바서가 마지막으로 설계한 건물은 독일 마그데부르크에 있다. 설계 도중 그는 세상을 떠나게 되었는데, 그가 남겨놓은 설계도를 따라, 차곡차곡 건설이 진행되어 마침내 2005년에 완공되었다. 그린 시타델Grüne Zitadelle이라는 주상 복합 건물인데, 특이한 것은 각 집마다 가꿔야 하는 정원이 있다. 건물 바깥에선 정원을 볼 수 없는 것이 특징이다. 인간과 자연의 공존을 실천하고자 했던 훈데르트바서의 생각을 읽어낼 수 있는 대목이다. '녹색 오새'를 의미하는 그린 시타델의 이름을 풀어보면, 사람보다 자연을 길러내는 공간을 숨

김으로써 자연을 지킨다는 의미를 지니고 있다. 집집마다 정원이 한데 어우러져 거대하고 등 푸른 정원이 이루어지는 것을 생각하기만 해도 좋다. 그것은 내가 꿈꾸지만 할 수 없는 것이라고도 생각한다.

내가 어느 날 진은영 시인의 〈가족〉이라는 시를 읽은 것은 어쩔 수 없음에 대한 이해였을 뿐만 아니라, 영원할 수 없다는 것에 대한 아름다움이었을지도 모른다. "밖에선/ 그토록 빛나고 아름다운 것/ 집에만 가져가면/ 꽃들이/ 화분이/ 다 죽었다". 내가 왜 이 문장에 천착해 있는 것인지는 알 수 없지만, 나의 집에만 오면 다 죽었던 빛나고 아름다운 것들의 목록을 헤아리다 보면, 우리는 그쯤에서 만나볼 수도 있는 것이다.

집에 들어서 자신의 짧은 생을 다한 꽃과 나무를 모으면 작은 식물원이 되지 않을까. 우리는 죽어서 만날까, 죽어서도 만날 수 없기 때문에 이미 만났던 것일까. 그런 생각을 종종 하면서 가장 끈기 있게 키웠던 것이 바로 고무나무다. 넓적한 이파리와, 향도 특별한 생김새도 없이 무난해 보이던 이 화분을 내 앞으로 내밀며 "가장 키우기 쉽다"라고 말했던 화원 주인의 목소리가 생각난다. 그런데, 키우기 쉬운 것이 어디 있을까. 키우기 쉽다는 건 잠깐 내버려도 결코 죽지 않는 어떤 생명력 때문이었을까. 잘 돌볼 겨를은 없으나 식물은 곁에 두고 싶어 했던 나의 이기심을 잘 견뎌줄 화분이었던 것이다.

그래서 종종 일기에 고무나무의 행색에 대해 적기도 했다. 일기 속 고무나무에 대한 스케치는, 고무나무가 매일 달라지는 행색을 보는 것이 아니라, 어쩌면 그것을 바라볼 때의 나의 미세함을 읽는 것이었다. 잎을 떨어뜨리고 새 잎을 맺히게 할 때까지 내가 한 일이라곤 너무 많은 물을 주지 않는 것, 먼지 쌓인 이파리를 조심스럽게 닦아주는 것, 그러나 너무 애지중지하지 않는 것이었다. 고무나무가 죽게 된 것은 이사가 화근이었다. 낯선 집에 들어서고, 나는 결코 죽지 않아 이렇게 동네를 전전하며 살고 있고, 어쩌면 내가 집에 가져가도 결코 죽지 않는 것은 아름답지 않은 것이기 때문이라고 생각했다.

식물의 부음이라도 적힌 것처럼, 대형 폐기물 신고서를 출력해 붙일 때 실감했다. 이미 끝나버린 것은 모두 짐이 되는구나. 누군가가 짐짝처럼 트럭 뒤에 싣고 떠나겠구나. 그 뒤로 나는 친구들로부터 '아글라오네마 오로라'라는 선분홍빛이 도는 화분을 선물 받았고, 한 계절을 버티지 못하고 보내버렸다. 모형처럼 생긴 선인장과 다육 식물도 버티지 못해 버렸다. 보내는 일과 버리는 일을 함께 하는 것은 오로지 나의 몫이었다. 그럼에도 곁에 식물이 생겨나고, 이제는 기쁨보다 부담이 더 크다는 것을 알게 되었다. 지킨다는 것은 때론 드러나지 않음으로써 완전해지는 것일까, 그런 신비로움만을 간직한 채 식물들의 표정을 생각한다.

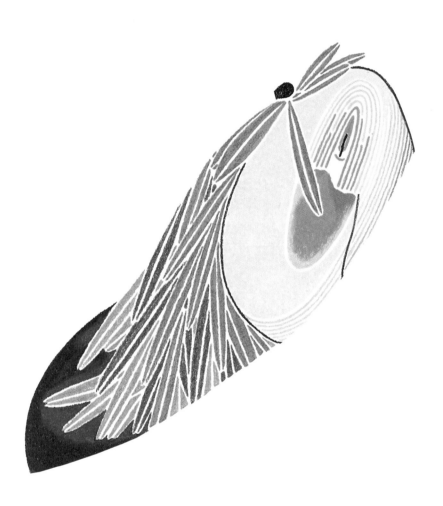

타이쿤 형식으로

첫 시집을 묶으려고 준비할 때, 나는 그동안 쓴 시를 출력해 문구점에서 가장 커다란 집게를 사서 묶었다. 가방에 넣기만 하면 집게가 무거운 출력물을 물고 있다 놔버리는 일이 많아서, 원고는 이리저리 흩어져 있었다. 등단하고 시집을 기다린 8년의 시간을 헤아리게 되었다. 속절없이 쌓여버린 시간의 더미들이 엄두가 나지 않았다. 그렇게 생각하니, 원고를 펼쳐 고치고 순서를 바꾸고 1부, 2부, 3부를 짓고 하려던 나의 계획이 꽁꽁 얼어버리기 시작했다. 그러나 부적처럼 항시 원고는 들고 다녔더랬다.

얼마 전 친구가 세 번째 시집을 출간해서, 나는 약속이 정해진 날부터 친구에게 무엇을 해줄지 고민하기 시작했다. 내가 시집을 냈을 땐, 정말 의미 있는 선물을 받았기 때문에 부담이 되었다. 친구는 선물의 귀재 같은 구석이 있어서 선물에 대해 좀 까다롭지 않을까 생각했지만, 가장 중요한 것은 아무래도 혼자서 쓰는 시간을 마주하고 응대했을 모든 과정이었다. 그 과정을 어떻게 축하해줄 수 있을까, 위로라는 말이 더 어울리려나? 케이크에 초를 꽂고 불 때마다 속으로 무슨 소원을 비는지, 누구보다 소원 빌기에 열중했던 친구의 환한 광대 웃음이 생각이 나서, 케이크를 주문하기로 했다. 인터넷 서점에 올라온 시집 표지를 파일로 내려받아 여러 업체에 의뢰했다.

"손님, 죄송하지만 이건 어렵습니다."

"저희가 맞춰놓은 틀이 아니라, 시간도 오래 걸리고 비용이 많이 들겠는데요."

몇 차례 거절당하니까, 케이크를 만드는 게 더 낫겠다는 생각이 들었다. 내가 요령이 없었는지도 모르겠다. 그냥 가까운 곳에서 꽃을 살까, 잡화점에서 선물을 고를까 하다가 오기가 생겼다. 마지막으로 남겨둔 업체에 문의를 했고 몇 시간 뒤에 연락이 왔다.

"손님, 이 궁서체는 구현하기가 어렵습니다."

업체 측에서 이야기한 '궁서체'는, 그러니까 시집 표지의 글씨체를 이야기한 것이었는데 엄밀히 말하면 궁서체가 아니었고, 궁서체가 요즘 사회에서 갖는 '진지함'이 떠올라 그만 웃음이 나와버렸다.

"궁서체가 아니지만… 진지하게 글씨를 쓴다고 생각하고 써주시면 안 될까요? 결과에 승복하겠습니다."

그렇게 답장을 하고는 또 몇 시간 뒤에 연락이 왔다. 이 글자들이 다 들어가려면 케이크가 커야 하고, 책 표지 모양의 케이크는 사각형이므로, 표면이 매끄럽지 않을 수 있다고 했다. 케이크 하나 주문

하면서 감당해야 할 일이 이렇게 많았다니, 우여곡절 끝에 나의 의뢰를 수락했다. 업체 측에서는 마지막으로 이것을 당부했다.

"픽업 시간 전에는 절대로! 절대로! 오지 마세요! 초조해지면 디자인에 실수가 날 수 있습니다."

잘 알지요, 그 초조함이 얼마나 많은 목숨을 앗아가는지. 잘 기다리겠습니다. 고맙습니다.

영화 〈한강에게〉에는 첫 시집을 준비하는 주인공이 나온다. 그동안 쓴 시를 바닥에 쭉 펼쳐놓고 미술관에 전시를 보러온 사람처럼 그것들을 보는 모습이 나온다. 감독이 시를 좀 아는 사람이었을까? 나도 시집을 준비할 때 괜히 방바닥에 시를 쫙 펼쳐놓고, 그것을 이리저리 옮겨가며 퍼즐 맞추듯 살펴본 기억이 떠올랐다. 그동안 쓴 시에서 절반가량은 버려야만 했다. 버린다고 말하면, 그때 그 시를 생각하고 쓴 모든 시간을 부정하는 것 같아서, 나는 혼잣말이나 일기장에는 '재운다'라는 표현을 썼다.

50여 편의 시를 재운 뒤로 54편의 시가 모였고, 처음에 샀던 집게는 너무나도 커 보였다. 투명한 책을 들고 펼쳐 보는 것처럼, 내 순서에 맞게 배치된 시들을 찬찬히 넘기는 일과가 여기저기에 있었다. 교수님을 기다리는 곳에서도, 친구와 헤어진 카페 안에서도… 군대 훈련소에 입소해 기나긴 행군을 할 때 나는 내가 할 수 있는 모든 상상을 다 했다. 그때 내가 아는 출판사별로 내 시집이 나오는 모든 과정을 상상했다. 네모는 무슨 색, 캐리커처는 어떤 모양, 제목은 무엇인지 하나같이 이미지로 구현하면서, 고행을 견뎠다. 막상 시집 출간이 임박해지자 도망가고 싶어졌다. 누가 꼭 쫓아오는 것만 같았고, 이 초조함이 그동안 묵묵하고자 노력했던 시간을 흔들어 깨우는 것 같았다.

주문한 케이크를 가지러 가는 길에는 비가 내렸다. 케이크를 조심스럽게 들기에는 너무나도 난관인 날씨였다. 케이크를 수령하기로 한 시간보다 십 분이나 일찍 와서 그 근처를 서성거리다가 현금 인출기가 있는 은행에 들어갔다. 사람이 적잖이 있어서, 나는 구석에 서 있었는데, 내 앞에 돈을 찾던 사람이 계속해서 실수를 하는 것인지 버벅거리고 있었다. 몇 번이고 다시 카드를 넣고, 비밀번호와 계좌번호 같은 것을 신중히 눌렀지만, 기계는 카드를 내뱉었다. 그러더니, 내게 먼저 하라고 말했다. 내가 서 있어서, 급해졌던 걸까? 발음과 억양을 들어보니 유학생인 것 같았다. 손사래를 치면서 누굴 기다리고 있다고 말했더니 그제야 그 사람은 뒤에서 기다리는 줄 알았다며 안도의 한숨을 쉬고는 다시 기계 앞에 섰다. 그러고 아무런 일이 없었다는 듯 업무를 완벽히 수행하고는 우산을 펼쳐 유유히 그 자리를 떠났다. 그랬더니 십 분이 지나 있어서 나는 케이크를 가지러 갔다.

친구에게 케이크를 보여줬다. 사실 케이크에 어떤 글자를 정확하고 선명하게 적는 일이 어렵다는 것을 경험으로 알고 있었다. 케이크가 썩 마음에 들지 않았지만, 친구가 홀로 마주했을 어떤 시간들을 달콤한 시간에 담갔으면 했다. 초코 퐁듀에 빠지는 일처럼. 그게 아주 잠깐이라는 것을 나도 알았고, 그 자리에 있던 친구들은 다 알았을 것이다. 친구는 역시나 초를 불기 전에 두 손을 꼭 모으고 소원을 빌었다. 아무래도 전에 빌었던 소원이 이루어지고 있지 않은 것만 같아 우리는 박장대소를 했다.

　친구는 키우는 개가 집에 혼자 있어서 늦지 않게 집에 가야 한다고 말했다. 우리는 때로 어떤 기다림을 끝낼 수 있는 곳에 서 있기도 하고, 기다림이 영영 끝나지 않는 곳에 놓여 있기도 하다. 그렇게 너무나도 기다렸던 첫 시집을 받았을 때, 나는 엄청 크게 웃지도 않았고, 무표정이지도 않았다. 거울을 보진 않았지만 나도 모르는 어떤 이상한 표정이었을 것 같다. 어떤 기다림이 책갈피 사이로 갈라지고, 또 이름 모를 기다림이 두꺼워지는 그 찰나의 시간을, 나는 운이 좋게도 좋은 사람들과 함께 있어서 뒤늦게 알았다. 친구에게도 그런 시간이기를 바랐던 마음은 궁서체도 강낭콩체도 오이체도 아닌, 제빵사의 진지함이 담긴 글씨체와 다르지 않았다. 최대한 비슷하게 마음을 나눠보려고 했던 이유는 아마도 우리가 각자 경유해온 기다림이나 초조함이 비슷했기 때문일 거라고. 제시간이 아니면 절대로 오지 말라던 제빵사의 단호한 당부가 기억에 오래 남았다. 우리는 우리에게 알맞은 시간으로 가고 있으면 좋겠다고 생각했다. 택시 안에서 스마트폰 불빛에 나 혼자 환했다.

안식월

두 번째 시집 《휴가저택》 출간을 기념하는 낭독회 때 이런 질문을 받은 적 있다. 휴가저택에 간다면 무엇을 하고 싶은지. 나의 유토피아 혹은 디스토피아로서의 휴가저택이 있다면, 죽음을 준비할 것이고 죽음을 준비하지 않는 시간에는 아무것도 하지 않을 것이라고 대답했다. 시시한 대답 사이로 흩어지는 기운을 느꼈다. 죽음을 앞둔 화자처럼, 무기력해져서 아무것도 하지 않는 것이 아니라, 아무것도 하지 않음을 선택할 수 있을 때를 헤아린 것이었다. 그리고 생각보다 아무것도 하지 않는 일이 쉽지 않다는 것을 잘 알기 때문이기도 했다.

이 글을 적는 2018년 12월을 나는 한 달 동안 안식월로 정해두었다. 아무것도 하지 않는다는 맥락에는 세 가지가 있다. 첫째, 글을 쓰지 않는 것, 둘째, 활자를 마음 다해 읽지 않는 것, 셋째, 아무런 노동도 하지 않는 것. 그것은 대대적인 실패로 돌아가버리고 말았다. 이 글을 쓰고 있다는 것 자체도 안식월을 어기는 항목 중 하나이기 때문이다. 어릴 때부터 나는 스스로와 약속을 자주 했다. 그것을 지켜나가는 뿌듯함이 있었고, 그것을 지긋이 바라보는 사람들이 언젠가 나에게 칭찬을 해주었기 때문이다. 내 안의 관습이 나에게 부지런한 사람으로 살아야 한다고 일러주었다. 생산적인 사람일 때야 살아 있다고 느끼는 것은 어쩔 수 없는 나의 전통이었다. 쉰다는 것에 대해 종종 생각할 때마다, 방법을 찾을 수가 없다. 뜨거운 차 한 잔을 두고 그것을 어쩔 수 없이 식혀가며 천천히 마시는 그 순간에도, 나는 그 다음 행동을 계산한다. 책상을 좀 정리할까, 물휴지를 여러 장 뽑아 바닥을 닦을까, 분리수거를 할까 하는 그런 의식이 온전히 나를 쉬게 두지 않는다.

가끔은 내가 적당히 쉬어야 할 만큼 피곤하고 바빴는가에 대해 생각한다. 자격을 부여하기 위해 스스로의 동의가 필요했을지 모른다. 직장이 있고, 출퇴근을 하는 동안 나는 틈을 내어 글을 써야 했다. 처음엔 그것이 온전한 휴식처럼 느껴졌다. 제자리에 온다는 숨 가쁜 도착이 주는 첫 번째 기분이었다. 생계와 맞닿아 있는 얼키고설킨 문제들을 잠시 유보하고, 온전히 내 글로써 뚜벅뚜벅 걸어나가는 일은 좀처럼 쉽지 않았다. 문턱에 새끼발가락을 찧고는 머뭇거리는 사람처럼. 글을 써나갈수록 힘이 든다는 것을 점점 알아갔다. 그래서 나는 더 이상 휴식이라고 할 수 없는 나의 글쓰기에 대해서 조금씩 공포를 느꼈다. 그럼에도, 나의 집이 나의 휴가저택이었으면 싶었다. 오롯이 내가 선택하는 것들로 작동하는 나만의 세계로서, 아무것도 하지 않는 것에 의기소침해하거나 주눅 들지 않는, 의무감으로부터 자유로운 유일한 세계이기를 바라는 마음으로 안식월을 보내고 있다.

안식월에는 수강생들의 시를 읽어야만 했다. 특강도 몇 개 있어서 서울 끝자락과 제주도를 오가며, 시에 대해 떠들어댔다. 그리고 대상도 없이 몰래 시를 썼다. 블로그에 일기를 충실하게 기록했다. 안식월에 지켜야 할 것들을 단 하나도 지키지 않았다. 너무 나다운 결과였다. 그러자, 나는 실패하는 일마저도 성실했구나 싶었다. 나는 아직 쉰다는 일을 깊이 간직해볼 수 있는 사람이 되지 않은 것이다. 마음 둘 곳이 있고, 서둘러서 집에 돌아와 하고 싶은 것이 있는 사람이라는 일종의 확인을 한 셈이다. 안식월에 실패하면서 내가 경험하게 된 나의 불가피함을 자주 떠올릴 것이다. 아직 나의 화자는 하고 싶은 말이 많고, 무엇보다도 눈에 띄지 않게 분주한 나의 재잘거림과 부산한 행동이, 다음 차례를 기다리는 몇 가지의 사소하고 기쁜 것들을 불러 모으리라는 희망. 내가 유일하게 스스로에게 내거는 희망 정도가 안식월 끝 나무에 매달려 있다. 물이 많고 다디단 열매, 한 해의 결실을 수확하며 비로소 나의 열매를 쥐었을 때, 덜 익어서 조금 기다려보기로 했다. 누군가의 정물화로서, 응접실에 가져다줄 것으로서.

부동산 앞에서 버스를 기다리는 일

집 앞 버스 정류장에는 부동산과 세탁소가 나란하게 붙어 있다. 버스만 기다리면 될 일이지만, 나는 자주 부동산 앞에 서 있는다. 부동산에서 내놓은 매물이 유리에 다닥다닥 붙어 있기 때문이다. 일단 매매부터 전세, 월세 등 각 건물을 요약해놓은 문장이 재미있다. 햇빛 좋은 집, 반지하 같지 않은 반지하, 대박 났던 닭발집 자리, 리모델링한 집, 전망 좋은 집… 그리고 빼곡하게 적힌 숫자를 읽는다. 그것을 보고 있으면 시간 가는 줄 모른다.

서울 홍대입구와 합정은 내가 이십 대를 거의 다 바친 거리인데, 그래서 많은 실연을 겪기도 했다. 자주 가던 카페가 하나씩 사라지는 것은 고사하고, 식당과 잡화점 같은 곳도 소리 소문 없이 사라졌다. 사정이 있겠지, 하고 새로운 가게를 찾아 나섰으나 이제는 더 이상 자주 가던 곳이라고 말할 수 있는 곳이 한 군데도 남지 않게 되었다. 그래서 가끔 홍대나 합정에 가게 되면 살아 있는 폐허처럼 느껴진다. 누군가의 기억에 보관되지 않는 휘발된 공간들만 유령처럼 집 지키고 있는 것처럼.

어느 날 하루에 나의 재미를 잃었다. 며칠 여러 이유로 택시를 타거나 다른 버스를 타 다른 정류장에서 내리는 일이 많아서 미처 몰랐는데, 아침에 버스를 타러 갔더니 내 구경거리였던 부동산이 사라져버린 것이다. 그러니까 부동산만 사라진 게 아니라 부동산이 있던 건물이 통째로 철거되고 있었다. 거의 다 철거되어서 밑동만 남은 그것을 허무하게 지켜봐야만 했다. 심지어는 맞은편 건물, 내가 잘 다니던 미용실이 있던 건물도 하루아침에 사라져 있었다. 신기했다. 하루아침에 이렇게 사라질 수도 있다니. 그날은 유독 부서져 가거나 막 짓기 시작한 건물이 자주 눈에 들어왔다. 건물이 통째로 사라지니 평소보다 볕이 좋았고 흐린 눈을 털어낸 것처럼 맑았지만 눈에 보이는 것만 믿기에는 세상이 그리 단순하지 않다는 것을 알았으므로, 마음이 편치 않았다.

만약 훈데르트바서에게 대한민국의 젠트리피케이션에 대해 설명하고, 그 실황이라고 할 수 있는 나의 동네를 구경시켜 준다면, 그는 내가 살아온 국가를 증오하게 될까? 건축치료사라는 이름이 무색하지 않게 그는 새로 짓는 건물뿐만 아니라, 이미 지어진 건물을 다시 재건축하는 데에도 자연을 끌어안았다. 다시 무언가를 만들어가는 듯, 곧추 선 철근이 유독 뾰족해 보이고 그게 내 눈을 찌르는 것처럼 아프게 느껴진 것이 그저 나의 오지랖 때문만은 아니라고 생각했다. 자연과는 거의 무관한 인간만의 일처럼 느껴졌다. 제주도의 비자림로를 확장할 계획으로 삼나무를 대거 뽑겠다고 선언한 일도, 서울 청계천 재개발로 터전을 지켜온 건물들을 무자비로 박살 낸 일도, 내가 사는 곳과 멀거나 그리 멀지 않은 곳에서 아무렇지 않게 사라지는 것이 이상한 일이다. 인간다움에 대해 때로는 환멸이 느껴지기도 한다.

지금은 유명한 관광지가 된 훈데르트바서 하우스는 당시 비엔나시가 주거 문제를 해소하기 위해 지은 시영 아파트이기도 하다. 1983년 비엔나시는 훈데르트바서에게 시영 아파트의 리모델링을 제안했고, 그는 삭막했던 그곳을 전 세계인이 찾는 곳으로 만드는 데 성공했다. 물론 주거하는 사람들에게 적잖은 불편이 생겼지만, 방문하는 누구나 자신도 한번쯤 살아보고 싶다는 생각을 하게 만드는 아름다운 공간이 되었다. 지붕은 온갖 나무로 초록빛의 향연이고, 어느 것 하나 똑같지 않은 창문, 올곧은 직선 대신 구불구불한 곡선으로 온화함을 간직한 이 집은, 실제로도 평균 6대 1의 높은 경쟁률과 소득이 많지 않은 시민들을 대상으로 추첨해 주거자를 선정한다고 한다. 건물(집)을 또 하나의 피부라고 생각했던 훈데르트바서가 서울에 온다면 어떨지 자꾸 생각하게 된다. 여러 의미로 환경을 생각한 건물도 전국에 적지 않다. 현실적인 문제들로 수많은 논의와 과정을 처치하고, 표본화한 건물만 세워 올리기 바쁜 서울에서 나는, 또 갈 만한 곳을 잃고는 새로운 곳에 혈안 되어 이 사실들을 잠깐 잊을지도 모른다.

　부동산 앞에서 버스를 기다리는 일을, 나는 당분간 할 수 없게 되었다. 그곳에 투박하게 적혀 있던 동네에 가보지 못한 집들의 소개 글도 볼 수 없게 되었고, 미용실도 더 먼 곳으로 옮기게 되었다. 그곳을 떠나야 했던 사람들의 마음까지는 차마 헤아리고 싶지 않다. 두런두런 오고 갔던 많은 이야기가 있었겠지, 하며 시간에 의해 풍화되어 갈 이 뾰족함을 여기에 기록해두고 싶다.

나를 재워준 사람

　언젠가 대뜸 친구들에게 물은 적 있다. 너희들의 안식처는 어디냐고. 대화가 한동안 뜸해졌다가 결국에는 아무런 대답을 듣지 못했다. 그건 나도 마찬가지였다. 그때 누군가의 안식처가 어디였는지 또 무엇이었는지 들었다면, 아마도 잠이 잘 오는 곳이겠지 생각했을 것이다.

　이불은 밤새 잠든 이의 반창고처럼, 그 사람을 덮고서는 덧난 곳을 아물게 하는 것만 같다. 어릴 적 동생과 나는 유독 살구색 면이불을 좋아했다. 오래되어 해진 촉감은 부드러웠고 우리는 그것을 함께 나눠 덮었다. 작은 이불이 한 사람에게로 쏠릴 때면, 다시 잘 덮어주는 엄마도 있었을 것이다. 어느 겨울을 보내고 나서 다시 그 이불을 찾았을 때, 이불은 버려지고 없었다. 그게 못내 슬퍼서 의류 수거함을 전전하기도 했다. 오래된 포근함을 잃었다는 것, 잃고 나서야 비로소 이불이 펼쳐진 그곳이 나의 안식처였음을 처음 깨달았다.

누군가의 안식처는 그렇다. 에곤 실레의 불안한 드로잉 앞에 서서 그것을 주파수처럼 들을 수 있는 곳. 늦은 밤 깨어 있을 것 같은 사람에게 걸리는 통화 연결음. 비좁지만 자신을 이루는 것은 다 모여 있는 방 한 칸. 그리고 사랑하는 사람으로부터 임대한 마음 같은 것.

고등학교 때 백일장에 나가기 위해 서울에서 하룻밤을 묵어야 했던 적이 있다. 어떤 연유였는지는 기억나지 않지만, 중학교 때 서울로 이사 간 친구와 연락이 닿아 홍제동으로 초대받은 적이 있다. 잘 곳 없는 내게 잠자리를 흔쾌히 내어준 친구를 따라 작고 허름한 집으로 간 적이 있다. 풀다 만 문제집과 계절별로 뛰쳐나온 옷가지를 밀어내고, 나의 앉을 자리를 내어준 친구와 이런저런 이야기로 금세 시간을 보냈다. 퇴근하고 돌아온 어머니, 야간 자율 학습을 마치고 돌아온 형들에게 어색한 인사를 건넸다. 누군가의 보금자리에 끼어든 마음은 여간 불편할 수 없었으나 곳곳에 그들의 흔적을 엿보는 재미도 있었다. 내일 아침 일찍 나가야 한다는 말이, 누군가를 깨우는 말이 될 줄은 몰랐다. 그날 아침 그들은 평소에 아침 식사를 하던 시간보다 일찍 식탁 앞에 앉았다. 어제 먹었을 찌개와 윤기 나는 달걀 프라이, 여기저기서 꺼내온 것 같은 김과 마른 반찬 사이에서 나는 따뜻한 밥을 먹었다. 물론 그들의 졸린 얼굴과 다르게 나는 깨어 있는 얼굴이었다.

빚을 진 기분 때문에 이 기억은 부채감으로 오래가는 것이겠다. 그러나 그전에 홍제동 어느 낡은 집을 보금자리로 삼고 살아가는 친구 가족을 잠깐 생각해보게 된다. 누군가의 안식처를 들르는 일은 기분 좋은 모험이다. 그들이 어떻게 살고 있는지, 그들의 실용적인 삶과 평화로움을 만나고 오면 괜히 집에 돌아와 책상 정리를 한다거나, 익숙한 집 풍경을 생경하게 보는 것이다. 방공호처럼 단단한 곳은 아니지만, 이내 단단해질 수 있는 곳. 내가 실례를 무릅쓰고 잠들었던 곳은 대부분 누군가의 안식처였다.

그때 나의 뜬금없는 질문을 기억하고는, '그래서 안식처가 있어?'라고 친구가 다시 묻는다면 나는 지금 살고 있는 집에 대해 말할 것이다. 혼자 살다가 동생이 서울로 대학을 오면서부터, 나는 두 사람이 사는 집에 살게 되었다. 절반의 가족과 절반의 독립된 내가 있는 혼종의 공간, 나는 그곳을 안식처라고 말할 것이다. 그러나 아직 누군가를 재워준 경험은 없다. 누군가 자고 가야 한다면 내가 누렸던 낯설지만 아늑했던 그들의 안식처처럼, 곡진하게 살펴주고 싶다. 다음 날 꼭 잘 잤는지 춥진 않았는지 물어봐 주던 사람들이 있었다. 그런 안부 없이 혼자서 일어나야 할 때는 더더욱 많았다. 되돌아가고 싶은 곳, 그곳에 있어도 그곳에 가고 싶다고 느끼는 곳, 그런 곳이 안식처가 아닐는지 친구들에게 다시 물어보고 싶다. 잠깐만 다녀올게, 하고는 오지 않아도 좋을 안식처에는 나를 재워준 사람들이 실눈을 뜨고 기다렸다.

슬픔이라는 생활

　노래를 듣다가 울어본 기억이 없다. 언제 울었는지도… 잘 기억
나지 않는다. 나는 내 감정에 무심한 사람이었나? 그건 아니다. 아
마도, 울지 않기 위해서 많이 노력했던 것 같다. 지인과의 대화 중
에 최근에 울었던 경험을 이야기한 적이 있다. 지인은 바로 지난주
월요일에 울었다고 했다. 일을 하던 도중 화가 나서 울었다는 지인
은 화장실에서 세수를 하고 아무 일도 없던 사람처럼 다시 일을 했
다고 했다. 울었다는 것을 자신만 기억하면 된다고, 울고 나면 개운
해지는 것도 있어서 그게 창피하지 않다는 말을 덧붙였다. 그리고
나는 아주 오랫동안 생각에 잠겼다가, 대답을 하지 못했다. 근래에
울어본 기억이 거의 없어서였다. 며칠 후 지인으로부터 메일 한 통
이 도착했다. "올해에는 우는 일에 성공하셨으면 좋겠어요. 식물도
너무 많은 물을 머금고 있으면 괴롭잖아요."

얼마 전 누군가의 새 음반을 우연히 듣는 중이었다. 버스에서 내려 집으로 향하는 어둑한 길목이었다. 새 노래이기 때문에 가사는 전혀 모르는, 그런데 왠지 계속 흥얼거리게 되는 느린 박자의 노래였다. 그리고 어떤 구간에서 그 노래에 심취해서 그만 가던 길을 멈추고야 말았다.

멈춰서 어떻게 할 것인가?

물론 아무것도 하지 않았다. 단지 그 노래가 내 마음에 동요를 일으킨 순간을 느꼈다. 주저앉아도 좋고, 소리를 질러도 좋았을 것이다.

그러니까, 그 노래가 나를 위한 노래처럼 들리기 시작했다.

내가 끝끝내 하지 않으려고 부단히 노력한 말이 노래 가사로 흘러나왔을 때, 울고 싶었다.

내게는 울지 않으려는 어른스러운 영혼이 하나 있다.

우는 것이 지는 것이라고 생각하는 터라, 슬픔을 모두 처단하기 위해서 부단히 영혼의 밑자락으로 바닥을 쓸며 돌아다니는 영혼이랄까.

울고 싶은 마음이 들 때가 있다. 울면 속이 시원할 것 같은데, 웃는 것도 잘 하고 화내는 것도 어색하지 않은 내게 우는 일은 정말이지 어려운 것이 되었다. 울지 않으려고 하는 영혼이 울고 싶어 하는 마음을 자꾸 단속하기 때문이다.

갓 태어난 아이를 계속 울도록 놔두지 않는 것은, 그 슬픔이 보내는 신호에 대한 어떤 응답이다. 그러나 우리는 곧잘 그 슬픔을 참기도 하고, 그 신호에 반응하지 않기도 하고, 감당할 수 있을 정도로 슬퍼한다. 왜 우는지 살펴주는 젊은 부모가 곁에 없어서가 아니라, 우리에겐 이미 굴러가고 있는 생활이 있기 때문이다.

슬픔이 거세지면 생활은 엉망이 된다. 나는 자주 청소를 하는 편이라서, 그 무엇도 귀찮고 무기력해지는 우울함이 찾아오거든 방이 대신 말해준다. 걸지 않은 옷, 한 입술에 모여들었던 온갖 컵들, 버리지 않은 담뱃갑, 여기저기 흘러나온 동전과 근본 없이 쌓여 있는 책들. 아마도… 슬픔을 거두는 순서는 이럴 것이다. 방이 더러워진 것을 알게 되는 것. 그리고 그것을 조금씩 치우는 것. 말끔해진 방에 잠깐이나마 마음을 은유적으로 빗대어보는 것. 그렇게 괜찮아지는 슬픔이 있고, 그렇게 해도 나아지지 않는 슬픔도 있겠다.

엄마가 정성스레 싸준 내 도시락을 친구가 실수로 엎질러버리는 일은, 내가 밥을 먹지 못하게 되었다는 슬픔보다도 엎질러진 게 엄마의 정성이라고 생각하면서 슬픔이 몇 배로 불어난다. 사귀던 연인과 헤어지면서 하게 된 못된 말보다도 그 사람을 떠나와 돌아갈 곳이 얼마 없다고 느끼는 그 순간이 슬픔이다. 놓여 있는 물건과 방의 분위기, 음식과 냉장고, 자주 가던 카페와 바뀐 간판, 우리끼리만 쓰던 유행어와 새롭게 고친 말투… 그런 사소한 변화에서 생활은 일찌감치 슬픔을 알고 칭얼거리기 시작한다.

시간이 약이야, 라는 말을 좋아하진 않는데 나는 그 말을 자주 사람들에게 처방한다. 대신에 "그 시간을 같이 해줄게" "함께 있어줄게"라는 말을 덧붙인다. 너 혼자서 견디라는 말이 아니라, 네가 필요할 때 그 시간이 첩첩산중으로 다가올 때 기꺼이 동참하겠다는 뜻이다. 그래 봤자 식당에 가서 서로 다른 음식을 시켜 나눠 먹거나, 커피와 조각 케이크를 두고 떠드는 게 전부겠지만. 그게 우리의 생활이라서, 생활이 생활대로 흘러가야 슬픔이 잦아들어서, 슬픔에 항의하는 가장 좋은 방법으로 나는 하던 대로 하는 사람이 되었다. 듣던 음악이 불쑥 찾아들어 내 발걸음을 멈추게 하지만, 나는 집으로 걸어갔다. 저녁밥을 지어야 할 부엌이 있고, 갈아입을 옷이 잘 개켜져 있는 나의 생활로.

마음과 보자기

보고 싶었던 마음은 어떻게 전하는 게 좋을까. 잡화점 유리창 앞을 오래 서성거리면서 자주 생각하는 것이다. 어젯밤 서랍에서 꺼내어 쓴 엽서나 그 사람이 좋아하는 빵을 한 아름 사가지고는 건네 줘야만 풀리는 마음은, 네 것이 아니라 온전히 내 것인 걸까. 마음이란 게 있다면 어떻게 전하는 게 좋을까. 그런데 그런 건 꼭 전해야만 좋은 걸까. 스무 밤을 세어 도착한 콜로라도의 택배 상자를 열면서, 상자 속 시원한 공기가 아마 여기의 공기가 아니라는 생각을 했던 기억이 났다. 훈련소에서 잡지를 오려 붙인 편지를 받았을 때에도, 뜻밖의 이름이 적힌 장문의 편지를 읽었을 때에도, 마음이란 것이 내게 걸어오기도 달려나가기도 한다는 것을 배웠던 것 같다.

훈데르트바서의 작품 중에 〈30일간의 팩스 페인팅The 30 Days Fax Painting〉(1994)이란 제목의 그림이 있다. 사랑하는 사람에게 팩스로 그림을 보낸 것을 모아 콜라주한 그림이다. 걸려온 전화를 팩스가

수신하고, 먼 곳에서 그려 보낸 것을 받아 적는 기계 앞에서 그녀는 웃고 있었을까. 뜻밖의 장소에서, 뜻밖의 도구로 마음을 전달받는 것은 아무래도 기억에 오래 남는다.

외할머니는 종종 김치나 반찬 같은 것을 보내주신다. 나는 거대한 택배 상자에서 보자기로 꽁꽁 묶인 매듭을 푸는 데만 긴 시간을 소요한다. 행여나 국물이 흐르지 않을까, 쏟아지진 않을까 노심초사하며 꽉 묶은 보자기의 매듭을 풀면서 사랑의 악력을 가늠해보는 것이다. 가끔 너무 꽉 묶여 있어서, 그것을 건네준 자의 마음을 다시금 헤아려볼 때도 있다. 헤매지 말라고 느슨하게 묶어준 것도, 흐르지 않도록 꽉 묶어준 것도 다르지 않은 것이겠다. 그렇게 펼치면 보자기의 양끝에는 다시는 펼 수 없는 주름이 져 있고, 나는 그 아름다운 무늬를 좋아한다. 그런 무늬를 누군가에게 만들어준 적은 없는 것 같아서, 아주 가끔 잘 포개어놓은 몇 장의 보자기를 보기만 한다.

주고 싶은 마음이 있다. 해주고 싶고, 건네주고 싶은 그런 마음들은 그 사람에게로 걸어가 어둠 속을 호위할 수 있다. 겉돌며 사라져버릴 수도 있고, 묵묵히 옆을 따라 걸을지도 모르겠다. 나는 거의 습관적으로 만나는 사람들에게 엽서를 쓰던 때가 있었다. 그래서 자주 다정하다는 말을 들었고, 그 말이 듣기에 좋았다. 때로는 마음을 옮겨 적는 일이 벅차서 아무것도 내밀지 않고 돌아오는 날에는 이상한 허전함을 느꼈다. 아마도 그때 나는 상대가 아니라 나 자신을 위해 나의 다정함을 길러왔다고 생각했던 것 같다. 그렇게 생각한 뒤로는 그 누구에게도 무언가를 해주는 일이 어려워졌다. 진심과는 다르게, 상대를 위하는 것보다 나를 채우려는 마음이 더 커지면 무엇이든 그만두었다. 마음은 편했지만 홀가분하지는 않았다.

실로 대단한 것을 주고받는 게 아님에도, 어떤 마음이 확인되는 순간만큼은 환해진다. 회사에서 매일 주고받는 메일과 팩스 속에서도 마찬가지다. 어떤 업체에서 보내온 팩스는 정말이지 알아보기 힘들 정도로 이메일 주소를 휘갈겨서, 다시 전화해 주소를 물어야만 했다. 지친 목소리로 다시 보내주겠다고 말하는 사람의 알 수 없는 형상을 상상한다. 또 어떤 업체에서는 자기가 처음 맡은 업무라 잘 모르는데, 친절히 알려줘 고맙다는 메모를 사업자등록증 위에 적어 보내준 이도 있었다. 얼굴도 이름도 모르는 사람에게서 느낀 다정함은, 기계적이고 반복적인 내 작은 일상에 불을 켜주었다. 하물며 훈데르트바서는 자신이 끼적인 그림을 팩스기에 넣고, 번호를 누르고, 신호음이 가는지 확인했을 것이며, 그것을 받아든 사람은 어떤 마음이었을까. 누군가의 환해지는 미소가 저절로 떠오를 수밖에 없는 장면이다. 내가 너무 어렵게만 생각했던 다정함과는 또 다른, 자연스러운 아름다움이다.

그럼에도 나는 아주 가끔 엽서를 쓴다. 틀릴까 봐 노심초사하며 꾹꾹 눌러 적는 내 목소리가 글씨를 쓸 때마다 들려온다. 그것을 받아 들고 읽을 사람의 표정을 상상하면서. 그 시간 자체가 내게는 커다랗게 온다. 그것으로 내가 타인에게 가지는 일말의 부채감 같은 것을 채운다. 사람들 관계에 있어 나는 언제나 모자라다고 생각했지만, 상대방을 온전히 생각하는 나만의 시간으로 그 어두운 터널을 지나가보는 것이다. 그리고 만났을 땐 정말 별 거 아닌 것을 건네주는 가벼운 손을 내밀고, 나는 비로소 건강한 맨손을 주머니에 찔러넣으며 돌아온다. 다정함은 그런 것일까. 주고받음의 가장 좋은 형태는 아무것도 쥐고 있지 않은 편안한 손에 있는 것일까. 훈데르트바서의 그 그림을 보고 나서, 팩스에 수신음이 들려오면 나는 잠깐 설렌다. 그럴 리 없겠지만, 대출 광고나 업무 서류 중 하나겠지만, 개중에 누군가 손으로 쓴 필체를 보면 다정이고 사람이고, 이게 다 사람의 일이지 싶어진다.

헐거운, 지난한, 그럼에도

　일회용 빨대를 쓰지 않기로 마음먹은 지 딱 백 일이 되는 날에, 나는 회사에서 회의를 하는 동안 무심코 일회용 빨대를 쓰고 말았다. 다 마시고 그것들을 정리하면서 알았으니, 백 일이 몇 초처럼 지나가버린 것만 같아 속상했다. 그 속상함을 아무도 알아줄 리 없으므로, 집에 돌아와 애꿎은 스테인리스 빨대를 소독하고 헹구고, 햇볕이 들 자리에 올려두었다. 허무해지는 순간에는 잠깐의 시간도 필요하지 않았던 것만 같아서 속상했다.

　헐겁게 커져가는 마음이랄까. 음식을 시키는 배달 앱에 새 기능이 하나 추가되었다. 그건 바로 '일회용품 받지 않기'인데, 그것을 누르면 부가적으로 함께 오던 일회용품이 오지 않는다. 너무나도 늦게, 그러나 이르게 도착한 작은 변화들이 기뻤지만, 내심 나는 아직 아무것도 하고 있지 않다는 생각이 들었다. 그래도 매일매일 일회용품이 어디선가 나오고, 마트에서 장 보고 올 때면 온갖 비닐과 포장지에 혼란스럽다.

구제 옷을 좋아했다. 값이 싸고 누군가 입던 것이라는 조건이 마음에 들었기 때문이다. 구제 옷이니까 마구 사고 마구 입자는 그 헐거운 생각이 컸던 탓에 아무런 생각 없이 구제 옷을 샀다. 심지어 새 옷을 사는 일보다 더 실용적이라고 자부하면서 말이다. 하지만 신중하게 고르지 않고, 구제 옷이 가진 약점을 적극 활용하며 마구 산 탓에 그만큼 다시 버리게 되는 것도 많았다. 대부분 사놓고 한 번도 입지 않거나, 아예 생각했던 것과 달라서 교환도 하지 않은 채 쌓아둔 것들이었다. 옷 정리를 하다가 털썩 주저앉아서, 아무래도 나의 둘레는 너무 헐겁게 넓어져만 간다고 생각했다.

작은 가방을 메고 출근을 할 때면 텀블러를 넣어둘 곳이 없어서 한 손에 들게 된다. 그러면 그 손의 기능이 제약되므로 불편하다. 그래서 '오늘만'이라는 단서로 텀블러를 내려놓고, 아무런 생각 없이 아침마다 마시는 커피를 카페에서 주문한다. 회사에는 플라스틱 컵으로 탑을 쌓아도 될 만큼 내가 미루었던 '오늘'들이 쌓여 있다. 그것을 따로 모아 버리는 것으로 일말의 죄책감을 밀어내려고 한다. 이렇게 몸과 마음을 한 방향으로 움직이는 게 힘든 것이다.

내가 훈데르트바서의 초상화를 마음 어디께 그려넣고 흠모했던 것은 다름 아닌 실천 때문이었다. 그의 실천은 단순히, 생각하고 계획한 것을 실행하는 일에 그치지 않았다. 하지 않음으로써 자신의 실천을 이행했다는 점이 매력적이었다. 발생시키는 방식의 실천은 사실 어렵지 않다. 충분한 시간, 재화, 노동력이 있다면 말이다. 하지 않음으로써 자신을 제약하고 불필요한 것을 소거하며 실천해나가는 것이 얼마나 어려운지를, 나는 가벼운 빨대 하나로 시작해나가고 있었다. 의외로 이미 잘 해오던 게 있나 싶었지만, 의심하고 보니 배보다 배꼽이 더 큰 일들이었다. 보상 받고 싶은 어떤 피로감이, 오늘만 눈감아도 괜찮다고 믿는 간사함이 내가 이루고 싶은 생태계의 둘레를 헐겁게 넓혀가고 있었다. 결심이든 다짐이든 하루아침에 도망가도 모를 그런 헐거운 울타리를 두고 있었다는 말이다. 백 일 동안 플라스틱 빨대를 쓰지 않았던 나의 결심이 단 한두 시간 만에 물거품으로 돌아간 일을 생각하면 나의 비유가 더더욱 맞아떨어진다. 뭐든 해보라고 내 젖은 어깨를 두드려주던 시간에서 나는 이제 멀리 왔다. 이제 그만 해보는 게 어떻겠냐고 말하는 새가 내 어깨 위에 앉아 있다.

잠깐 앉아 있다 가고 싶은데, 주문한 커피를 머그잔에 드릴 수밖에 없다고 단호하게 말하는 카페가 좋다. 번거롭고 귀찮은 일이 많아지는 것도 나쁘지 않다. 순간을 해결하는 것에 급급해서 내가 무엇을 하고 있는지도 모른 채로 지나온 시간을 천천히 복기해볼 필요도 있다. 그럼에도 계속되어야 한다면… 나는 나를 인간이라고 생각해보는 것이다. 지나치게 인간다워서 휘둘러온, 가볍고 녹지 않고 나보다 더 오래 살아남을 것을 생각한다. 하지 않는 실천의 최선이 가까워질수록 질겨지는 나의 생활의 둘레가, 좁더라도 단단하기를 바란다. 오늘도 '해야 할 일'의 목록에 하지 말아야 할 것이 더 많다.

한 뼘 나무의 두 마디 간격

한 사람이 자라나는 과정을 볼 수 있다는 것은 아무쪼록 기쁜 일이다. 어지러운 타임라인 속 세세히 많은 것을 다 알지 못하더라도, 서로의 달력을 포개어 맞추게 된 간헐적인 날짜로 안부를 확인하고, 고민을 묻고, 쓸데없는 유머를 주고받던 날들은 더 이상 크지 않는 키 재기의 눈금이 되었지만, 그것은 길이에만 해당되는 말이 아니다. 한 사람의 깊어지는 모습을 두 눈으로 듣고, 한 사람의 풍성해지는 모습이 나에게 드리울 때, 나는 그때의 든든한 마음 같은 것을 주섬주섬 챙기고는 한다.

슬기와 나는 초등학교 동창이다. 아마도 우리는 초등학교 땐 별로 친하지 않았다. 서로의 존재는 아주 잘 알고 있었는데, 같은 반이 되어본 적 없어도 자주 마주쳤기 때문이다. 우리는 교내 동요대회에서 승부를 겨루는 옥구슬들이었다. 그때 나는 〈수건돌리기〉를 불렀고, 슬기는 맨 마지막 순서로 〈화가〉를 불렀다. 나는 반주보다 빠르게 부르는 바람에, 중간에 박자를 한 번 놓쳤고, 슬기는 은종을 매단 새를 날려 보내는 것처럼 실수 하나 없이 우아하게 노래를 끝마쳤다. 당연하게도 슬기는 대상을 받았고, 나는 금상을 받았다. 우리는 그런 간격 속에서 서로를 데면데면 알아가기 시작했다.

그렇게 같은 중학교에 입학했지만 1학년 때에도 우리는 7반, 8반에 각각 배정이 되었고, 각 학급의 실장으로 뽑혔다. 체육대회만 열리면 가장 높은 응원 점수를 받기 위해 목이 쉬어라 구호를 외치고는 했다. 나는 슬기네 반이 맞춘 티셔츠가 촌스럽다고 수군거리기도 했고, 슬기도 우리 쪽을 기웃거리면서 계주는 우리가 이긴다, 어차피 우리가 우승이다, 이런 이야기로 내 속을 박박 긁어놓았다. 이런 우리 사이가 라이벌이나 비교 대상으로 자주 거론되기도 했다. 선생님들은 줄곧 서로의 반에 가서 서로를 언급했다. 그때까지만 해도 우리는 좋은 친구가 될 수 없을 거라고 생각했다.

아니나 다를까. 2학년에는 공교롭게 같은 반이 되었다. 그때 나는 내심 왕관은 하나인데 왕이 둘이 될 수 없다는 생각을 했던 것 같다. 기억은 잘 나지 않지만 내가 실장이 되었고, 같은 반이 되면서 몰랐던 슬기의 모습을 보기도 했다. 여러 활동 때문에 함께 하는 일이 많아졌고, 그렇게 자연스럽게 친해졌다. 같은 반 친구 네 명이서 '빅마마'를 대적할 '스몰마마'를 결성하고 자주 어울렸다. 가장 무서워 보이는 비디오를 빌려다가 우리 집에서 보기도 했고, 김밥이며 라볶이며, 분식류를 사다가 배 터지게 먹기도 했다. 우리는 학교에서도 스몰마마라고 불렸다. 담임 선생님에게는, 우리 우정의 징표라고 할 수 있는 음반을 선물하기도 했다. 기껏해야 오락실 노래방에서 동전을 넣고 녹음한 테이프였지만. 선생님은 그것을 아직 간직하고 계실까? 설익고 들뜬 우리들의 창법이 실린 빅마마의 노래 〈거부〉는 이렇게 시작한다. "자꾸 재촉하지 마, 터질 것만 같아."

고등학교 때에도 시험 기간만 끝나면 번화가에서 만나 사진도 찍고, 맛있는 것도 먹었다. 그때 우리는 아마 알고 있었다. 점점 뜸해지는 만남 속에서 공백을 채우기 위해 얼마나 많이 떠들어야 하는지. 뿔뿔이 흩어진 우리가 또 각자 마주하게 된 울타리를 넘나들기 위해서 '스몰마마'는 그다지 중요하지 않게 되었다는 것을. 그렇게 슬기와 나는 서울에 있는 대학에 진학했다.

우리는 서울에서 가장 유명한 장소에서 만나서 고작해야 프렌차이즈 카페에 갔다. 티라미수를 자주 먹었는데, 우리에게 그것은 일종의 '서울의 맛'이었다. 서울 생활에 대한 애달픔, 기숙사 생활, 고향인 전주에 내려갈 계획 같은 것만으로도 우리는 충분하게 대화를 나눴다. 이심전심, 데칼코마니 속 어지러운 무늬처럼 서울에 조금씩 스며들고는 했다.

우리는 각자 하고 싶은 것, 이미 하고 있는 것에 대한 이야기를 많이 나눴던 것 같다. 현실과 이상의 괴리를 촘촘하게 꿰매기 위해서 가끔 각자 다녀온 여행 이야기를 하기도 했고, 각자 만나는 사람에 대한 이야기도 했다. 친구는 어느 날 마다가스카르에 가서 건물 한

채만큼 높은 나무를 껴안고 있는 사진을 보내주기도 했다. 껴안아도 다 껴안을 수 없는 넓은 둘레를 지닌 이 나무의 시간을 헤아리다가 문득, 행복해 보이는 친구의 얼굴이 좋아 보였다. 아프리카에서 돌아온 친구는 한 손에 쥘 수 있는 수제 마라카스와 현지인이 만든 수제 필통을 선물로 주었다.

　친구의 회사와 나의 회사는 버스로는 세 정거장, 그리 멀지 않은 곳에 있다. 그래서 회사 앞에서 종종 만나 게 눈 감추듯 안부를 전하고 헤어지곤 했는데, 어느 날에는 갑자기 어른스러워진, 아니면 특유의 활기를 잃고 어둑해진 심연을 지니고 있는 우리가 스스로 낯설어지기 시작했다. 나누는 고민의 농도가 깊어지고, 해결하기까지 시간이 더 필요한 문제들에 부딪쳐서 이러지도 저러지도 못하는 형국이었지만, 그럼에도 우리는 계속해서 이야기를 하고 있었다. 십몇년 전의 서랍에서 어떤 이야기를 꺼내와도, 대학 시절의 이야기를 꺼내와도 부연 설명이 크게 필요하지 않은 이 대화의 밀도가, 새삼 귀하게 느껴지는 시간이었다. 너와 나의 기나긴 타임라인이 한 번도 끊이지 않고 열렬히 구독된 것도 이상한 일 같다고, 어쩌면 그것은 우리가 데면데면한 친구, 앞뒤로 반이 배정된 엇갈림, 몇 정거장밖에 떨어져 있지 않은 회사의 거리처럼 좋은 간격을 나누어서가 아니었을까. '비결이라면 그렇게 말해볼래!' 하고 혼자 생각해보는 것이다. 몇 마디의 간격으로 떨어져 있어 더 잘 보이는 나무가 있다. 한 뼘의 나무는 여전히 한 뼘처럼 작아 보이지만 그사이 푸름은 무성해졌고, 얼마간 많은 잎사귀가 다녀갔으며, 가끔 앙상한 나뭇가지를 들키기도 했던 그 많은 과정을 고작 몇 마디 간격 너머로 지켜보고 있었던 것 같다.

오늘은 슬기의 생일이어서, 축하 메시지를 보냈다. 우리는 호들갑스럽게 우리가 함께 좋아했던 일본어 선생님을 흉내 내면서, 그러다 갑자기 돌연 답장이 늦어지기도 하면서, 만날 날을 조금씩 세공하고 있었다. 그리고 슬기는 결혼 날짜가 정해졌다고 내게 알려주었다. 너희 학교의 축제, 너의 생일이나 너의 작고 가벼운 이벤트를 다이어리에 적어본 적은 있었는데, 결혼이라는 낱말은 왠지 무거워서 다이어리에 적어두지 못했다. 숲으로 다가서는 나무는 걷지 못하지만 주변의 나무를 깨운다. 약속도 없이 함께 무성해지기로. 서로 다른 나무가 어울리면서 생긴 울창함 속에 새들은 날아와 집을 짓고, 그 그늘 밑에서 누군가는 분명 쉬어간다. 간격이 있어서 보이는 것들, 간격이 있어서 보게 된 것, 어느 날 이것을 '네가 준 선물인가?' 하고 말해보면 어떨까. 그러면 어깨를 부르르 떨면서 이상한 말이라고 창피해하겠지만. 친구가 노래 몇 소절로 날려 보낸 은종을 매단 하얀 새가 다시금 날아와 앉을 것만 같다.

우리가 아직도 여기에 있었기에.

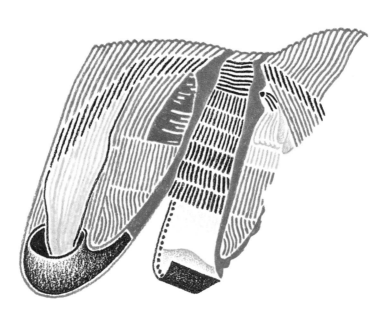

꽃집에서

겨울이었다. 그때 사귀던 이의 생일이라서, 꽃을 사기 위해 집 근처 꽃집에 갔다. 꽃을 고르는 일은 아무래도 좋은데 동네에서 사는 건 처음이었다. 버스를 타고 오가며 본 적 있는 것 같던 그 꽃집은 걸어도 걸어도 나오지 않았지만, 돌아가야 하나 싶을 때쯤 모습을 드러냈다. 요즘 유행하는 꽃들을 파는 그런 곳이 아니라, 동네에 하나쯤 있는 투박한 모습의 꽃집이었다.

차임벨이 울리고, 주인 얼굴보다 무성하게 자라나 있는 나무와 꽃이 먼저 보였다. 습기가 많아서 안경에 김이 서리고, 주인은 내게 인사를 건넸다.

꽃을 사려고 하는데요. 풍성했으면 좋겠어요.

얼마에 맞춰줄까요.

꽃다발을 살 때 보통 만 원 단위로 꽃을 대강 묶어 그 풍성함을 소개해주곤 한다. 아무래도 저렴한 것은 모양새가 단출하고, 풍성한 것은 그만큼 비싼 것이겠는데, 그날은 꼭 사고 싶은 꽃이 있었다. 가격을 재지 않고 풍만했으면 싶었는데, 잘 포장되어 있는 꽃다발 하나가 놓여 있어서 그것을 가리켰다.

저 정도로 해주세요.

저 꽃은 이미 예약된 거예요.

내가 그 꽃다발을 호시탐탐 노린다고 생각했는지 주인은 단호하게, 그러나 미소를 띠며 말했다. 사고 싶은 꽃을 다시 고르고는, 저만큼 해달라고 다시금 강조했다. 꽃을 덜어다 깔고, 꽃다발로 만드는 작업이 진행되고 있었다.

저 꽃은 되게 의미 있는 거예요.

주인은 또다시 내가 가리켰던 꽃다발에 대해 이야기했다. 누군가 예약한 것을 탐한 것처럼 보일까 걱정이 되었지만, 그런 뜻은 아닌 것 같아 주인의 말을 경청하기로 했다.

총각도 삼풍백화점 알죠? 그거 무너졌잖아… 그때 같이 갇혀 있던 사람들이 있었는데, 그 후로 생존해서 모임 같은 걸 가졌나 봐. 그때는 다 이십 대였던 처녀 총각들인데, 그 후로 만나오다가 결혼을 하기로 한 거야. 저 꽃다발은 남자 쪽이 프러포즈한다고 신신당부한 꽃다발이에요.

정말요?

나는 그 이야기가 신기했다. 영화 같은 이야기였으니까. 무서웠을 어떤 시간을 함께 견디고는, 그 견뎌낸 시간을 기쁘게 기억하고자 했던 이들의 결혼이라 생각하니까, 탐낼 꽃다발이 아니었음을 다시금 실감했다.

꽃다발을 들고 꽃집을 나오면서, 다시 한번 예쁘게 포장된 꽃다발을 바라보았다. 그 사연을 알고 꽃을 매만지던 주인의 마음 같은 것까지 생각해보게 되었다. 어떤 재난 같은 일에 기적처럼 살아난 사람들의 사랑은, 내가 전혀 알지 못하는 크기의 마음일 것이라는 생각까지도.

집에서 너무 멀리 왔지만 기쁜 마음으로 걷기 시작했다. 꽃이 보여주는, 꽃을 받을 사람의 미소를 생각하면서.

흑백 일기

내게 적록 색약이 있다는 것은, 병무청에서 신체검사를 할 때 알았다. 수많은 색깔 반점 속에 적힌 숫자를 읽는 검사에서 오래 걸렸다. 주위 사람들은 군대에 가기 싫어하는 엄살쟁이로 취급했겠지만, 구분하기가 쉽지 않다는 걸 처음 깨달은 나는 적잖이 당황하여 몇 번이고 그것을 맞추려고 노력했다.

그 이후로 나는 색깔에 민감해지기 시작했다. 색깔의 뚜렷한 구분에서 해방감을 느낄 때가 있었고, 알록달록한 색 조합을 더 선호하게 되었다. 첫 시집에 실었던 시 〈퀘벡〉은 그때로부터 천천히 걸어 나온 사람의 이야기다. 정작 퀘벡에는 한 번도 다녀와 본 적 없는, 색깔을 잘 구분하지 못하는 어린 남매에 대한 이야기.

나는 일본 오키나와에 자주 간다. 언제나 따뜻한 기후가 도사리고 있기 때문이기도 하지만, 유독 알록달록한 색감을 지녀서, 그곳에 있으면 편안해지는 마음이 있다. 색에서 색으로 흐르는 다채로운 세계 속에서 나는 구분할 줄 모르는 색 없이 팔레트를 펼치곤 했다.

등단 후에는 색깔을 갖는 일에 열중했다. 너만의 색깔, 너만의 세계, 색깔이 뚜렷한 시. 그런 말을 많이 들었다. 새로이 색깔을 갖는 다는 건, 전혀 다른 것에서 색깔을 가져오는 일과 내 안에 이미 고여 있던 색깔의 농도를 탐구해야만 가능한 일이었다. 알록달록함은 결국 다름의 조화이지, 서로 엇비슷해지는 순간 오히려 흐리멍덩해진다는 것을 나는 그때 처음 깨달았다. 내가 색깔 수첩에서 숫자를 읽어내지 못했던 것은 다름에 대한 마음이 나서지 않았기 때문인지도 모른다. 시도 마찬가지였다.

훈데르트바서의 작품이 가득 실린 도록을 큰 배낭에 넣고 다닌 적이 있었다. 만나는 사람마다 보여주고 싶어서 그랬다. 마치 뭔가를 파는 판매원처럼, 그의 작품을 보여주며 설명하다 보면 사람들은 종종 '화려하다' '알록달록하다' '색을 잘 쓴다' 같은 말을 했다. 알록달록하다는 것은 눈에 잘 띄어야만 했던 그의 목소리와 메시지 때문이었을 것이며, 나는 그 조화로움 속에서 다르게(혹은 틀리게) 흘러가는 세계를 향해 외치는 폭죽 같은 아름다운 비명이라고 생각했다.

지금 여기는 흑백이다. 색깔과 멀어져 투명해지기 위한 노력으로 한창이다. 한때 열렬히 좋아했던 색깔들을 떠올려본다. 그 색깔을 지키기 위해서 무언가를 반드시 터뜨려야만 했던 치열한 시간이 들어 있다. 색을 갖는 것과 갖지 않는 것 모두 다 어렵다.

'다름의 조화'가 어려워진 세계에서 '다름의 인정'을 먼저 실천하고자 한다. 오키나와 선셋 비치에서 본 풍경이 생각난다. 푸른 바다와 백사장, 그 사이를 뛰노는 주홍빛 드레스를 입은 아이들이 석양처럼 보였던 일에 대해서. 추라우미 수족관 한쪽에서 제 색깔을 내며 작지만 힘차게 헤엄치던 열대어들. 그리고 그 사이를 헤매며 색깔을 더듬었던 나의 뒷모습을. 돌아온 세계는 색을 운반할 수 없는 흑백이었으나 내가 본 색깔을 색깔이 없다고 말할 수 없는 일이었다. 아마도 이 흑백의 세계는 이미 오래전에 색깔을 잃었거나, 이제 막 색깔을 가지기 위해 명암을 띠고 있는 일인 듯싶다.

그렇다면, 이제 우리는 어떻게 분명할 수 있을까요?

지킨 약속보다 어긴 약속이 더 많다

이별은 많은 약속을 철회하는 일이다. 두 사람의 약속이 한 사람의 약속이 되는 순간이고, 그렇게 약속을 갈라 나눠 가진 채 미제로 남기는 것이다. 폐허에 세워진 시계탑 앞을 서성이거나, 함께 쓰던 물건을 흘러가는 시간에게 쥐어주거나, 약속을 지켰던 장면이 상영되는 극장 안에 홀로 앉아보는 일이다.

지금까지 지킨 약속이 더 많을지 어긴 약속이 더 많을지 세어보는 건 불가능이겠고, 약속에 대한 나의 자세나 태도로 미루어보았을 때 나는 아무래도 어긴 약속이 더 많은 사람이다. 약속으로부터 잘도 도망쳤고, 현재도 도피 중이면서, 계속해서 약속을 만든다. 달력을 넘길 때, 어떤 계절을 기약할 때, 그쪽으로 가고 싶은 약속들은 필요하다. 지키지 않더라도 괜찮은 약속도 얼마든지 있었기 때문에 남용했다. 그리고 누군가와 한 약속이지만 끝끝내 지킬 수 없게 된 미제의 목록도 늘어만 간다. 그것을 먼저 추궁하거나 궁금해할 때마다 이 세계에서 가장 먼저 좌절하게 된다는 것도 안다. 아마 그것만은 성실하게 배웠다.

산책하다 보면 종종 보는 풍경이 있다. 어린아이를 붙들고, 엄마는 몇 가지 지키기로 했던 약속을 다시 상기시킨다. 울지 않기로 했지? 신발 구겨 신지 않기로 했잖아? 손 꼭 잡고 있어야 한다고 했지? 아이는 무엇이 못마땅한지, 약속이 열거될 때마다 몸을 비틀며 물끄러미 엄마를 본다. 약속을 지키고 있지 않는 자신을 아는지 표정은 그리 밝지 않다. 그리고 공원의 드넓은 광장 속으로 사라진다. 집에 가면 지킨 약속들에 대해서는 꼭 칭찬받기를 바라는 마음을 보내게 된다.

사랑하는 이와 했던 약속은 대체로 구체적인 것이었다. 그래서, 시간이 지나면 우습게 보이기도 하는데 그 우스움은 약속의 경중에 대한 것은 아니고, 그렇게 사소한 것이 왜 '약속'이 되었나, 그때까지 지체되었던 이유는 무엇인가에 대한 어리석음에서 기인하기 때문이다. 우리는 그때 그런 약속을 했었다.

"서울에서 가장 높은 곳에 올라가서, 이 도시의 야경을 꼭 보자. 보면서, 이 복잡하고 더러운 도시를 욕해주자. 예뻐서 그런 말이 나올지는 모르겠지만."

"서울에서 가장 높은 곳은 어딜까? 63빌딩? 남산타워?"

"아니, 우리가 같이 숨을 헐떡이는 곳이겠지. 아마도."

우리는 사람이 없는 곳을 찾아다녔다. 우리는 사람 많은 곳에 가면 현기증을 느끼고, 도시에 영혼을 도난당하는 기분을 자주 나누었다. 가끔은, 한 번도 가본 적 없는 나라를 구글링하면서, 여기에 살면 좋겠다고 기분 좋은 망상에 빠지기도 했다. 전망대나 높은 타워를 찾아 나서는 여행자들이 아니었기 때문에, 어쩌면 익숙한 도시에서 야경을 내려다볼 만한 곳에 가는 것이 커다란 이벤트였을지도 모른다. 그 약속을 끝내 지키지 못하고, 나는 버스나 지하철에서 우뚝 선 63빌딩과 남산타워를 보면서 그 생각을 곱씹는다. 우리가 같이 숨을 헐떡거리며 그만 올라가자고 했을 법한 언덕이나 작은 산들도 있었지만, 고작 평지에서 서로를 호흡하는 것에 지쳐 있었는지도 모르겠다는 생각이 들었다.

약속은 아름다운 것일까. 지킨 약속으로 점철된 한 사람과 지키지 못한 약속으로 완성된 한 사람이 있다면 나는 후자와 대화를 나누고 싶다. 후자에게 조금 더 재미있거나 어쩌면 지루할지도 모르는, 그러나 나와 비슷한 면모를 알아가는 흥미로움이 있을 것 같기 때문이다. 그러나 사랑이 약속들이 모이는 기로에 놓여 있다면, 나는 그곳으로 가야 할 것이다. 거기에 가보아야만 보고 느낄 수 있는 것들이 있다는 것을, 나 스스로로부터, 누군가로부터 경험한 적이 있었기에. 훈데르트바서가 슈피텔라우 쓰레기 소각장을 디자인할 적에도, 비엔나 의회에서 약속을 받기 위해 오랜 시간과 긴 투쟁을 했다고 한다. 유럽에서 가장 깨끗하고 친환경적인 소각장으로 운용하겠다는 약속을 받아낸 뒤에야, 그는 그곳을 아름다운 곳으로 탈바꿈하는 작업을 시작했다. 지켜진 약속은 얼마나 견고하고 아름다운가. 비엔나를 찾는 관광객이 꼭 찾아가는 곳이 되었고, 현지인도 공원처럼 드나드는 곳이 되었으니 말이다. 어떤 혐오 시설의 아름다운 변신이 견고한 건물로 상징되고 있는 모습은 아름답다. 지켜진 약속이 기억 속에서 오랫동안 상영관의 문을 닫지 않는 것도 그와 비슷한 이유일지도 모른다. 어긋나거나 단절된, 어기게 된 약속도 모두 그 이유가 되기 위해 만들어진 명제이다.

　약속에 많은 실패를 거듭한 사람은 사랑할 순간이 많았던 사람이다.

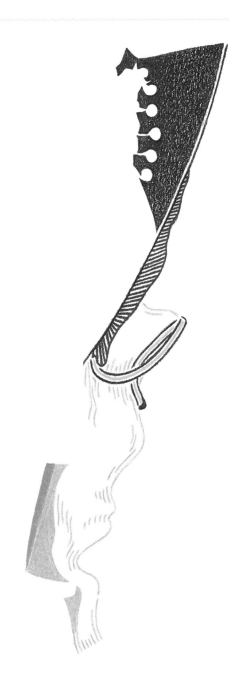

타오르는 겨울

태울 수 있는 것을 모두 불태우면
그을림도 묻어나지 않는
투명한 얼굴의 너와 내가 서 있다

아늑함을 태어나게 하려고
양초 가까이에 얼굴을 묻었다

긴 혹한을 뚫고 생긴 구멍에 눈동자를 가까이 대보았다
간신히 눈을 뜨고 있었을 때
우리는 그곳의 오랜 관광을 끝마치고
눈으로 지었던 우리의 집이 흐르고 있는 것을 본다

겨울은 몇 시에 눈사람을 놓아주나
재와 불덩이 사이에서
명치를 두드려 가장 물기 많은 슬픔 꺼내놓고

앙상한 은유가 창궐하는 겨울을 지나
모든 뜨개질이 슬픈 겨울을 지나

겨울이 영영 오지 않는 마지막 겨울에 와 있었다

구름이 눈을 보내는 일
도착한 눈이 땅을 매만지는 일

우리는 곧 사라질 눈송이
서로를 껴안고 한 번 더 겨울을 지나게 되었다
심장에 켠 불씨가 가까울수록
우리는 하염없이 녹을 수밖에 없었는데

그때의 아늑함을 세상에게 들려주기 위해
우리는 우리를 두고 멀리 왔다
시린 눈을 비비면 사라지는 혹한과
말없이 흔들어보는 스노우볼
그런 걸로는 설명할 수 없는 사랑의 장식품

두고 온 우리가 더 멀리 사라질 수 있도록
부축하러 오는 눈 송이송이
타다 남은 재와 함박눈

여긴 누구의 눈동자 속이었나
갈 곳 없는 속눈썹 하나

✦ 훈데르트바서 作, 〈타오르는 겨울Burning Winter〉(1976).

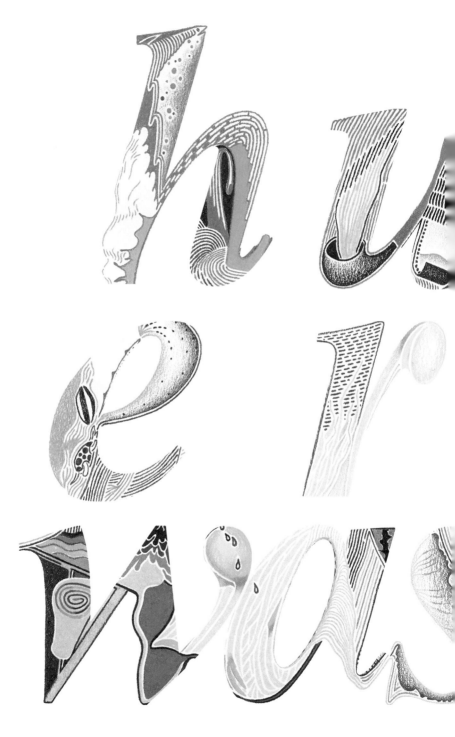

서윤후

1990년에 태어나 전북 전주에서 성장했다. 2009년《현대시》로 등단하며 작품 활동을 시작했다. 시집《어느 누구의 모든 동생》과《휴가저택》, 여행 산문집《방과 후 지구》, 만화 시편《구체적 소년》을 펴냈다. 최근에는〈그만두길 잘 한 것들의 목록〉을 기록하고 있다. 하지 않는 것의 기쁨을 통해 충만했던 지난 시간을 두리번거리고 있다.

국동완

무의식을 대하는 태도를 고심하고 그 과정에서 만나는 순간들을 회화, 책, 조각 등으로 다루고 있다. 갤러리팩토리(2011)에서 첫 개인전을 가졌고 스코틀랜드 글렌피딕 아티스트 레지던시(2012), 금천예술공장(2016~2018) 입주 작가로 활동했다. 독립 출판 바운더리북스를 운영하며《침몰한 여객선에서 건져 올린 것들》《The automatic message》《Some dreams don't come and some dreams don't go.》를 펴냈다. www.kookdongwan.com

햇빛세입자

1판 1쇄 찍음 2019년 10월 1일
1판 1쇄 펴냄 2019년 10월 11일

지은이 서윤후
그린이 국동완
펴낸이 안지미
편집 권순범 이윤주
디자인 안지미 이은주
제작처 공간

펴낸곳 (주)알마
출판등록 2006년 6월 22일 제2013-000266호
주소 03990 서울시 마포구 연남로 1길 8, 4~5층
전화 02.324.3800 판매 02.324.2845 편집
전송 02.324.1144

전자우편 alma@almabook.com
페이스북 /almabooks
트위터 @alma_books
인스타그램 @alma_books

ISBN 979-11-5992-268-8 04810
ISBN 979-11-5992-042-4 (세트)

이 도서의 국립중앙도서관 출판예정도서목록CIP은 서지정보유통지원시스템 홈페이지http://
seoji.nl.go.kr와 국가자료종합목록 구축시스템http://kolis-net.nl.go.kr에서 이용하실 수 있습니다.
CIP제어번호: CIP2019038136

알마는 아이쿱생협과 더불어 협동조합의 가치를 실천하는 출판사입니다.

종이 표지_비비칼라 185g/㎡ 본문_백상지 120g/㎡